ポルタ文庫

八分《はちぶん》の一《いち》の巫女《みこ》
楠《なん》壮《そう》里《さと》巫《み》八《はっ》犬《けん》伝《でん》

御木宏美

新紀元社

目次
CONTENTS

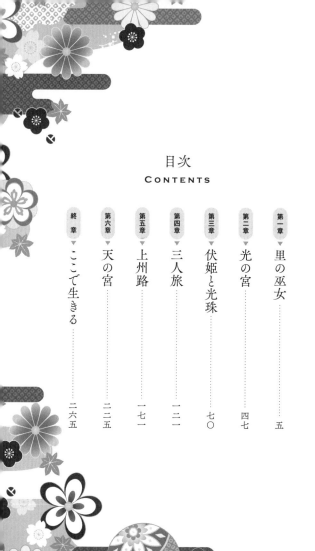

第一章　里の巫女

一

「あ、今の子よ！」

聴講を終えて大学構内を歩いていた青蘭《せいら》が見知らぬ三人連れの女子学生の前を通り過ぎた時だった。

「ああ、わかるわかる。出そうなタイプ」

「うわ、めっちゃバズってる」

弾けるような嘲笑が三人組から起きる。

歩き続けながら青蘭は溜息をついた。

彼女たちの話題は五十年前から開催されている学内のミスコンテストだ。昨今の社会規範を理由に、一昨年、中止になったが、今年、一部の女子学生が実行委員会を立ち上げ再開した。そのコンテストに青蘭は知らない間にエントリーされている。

「一年生でよく出るよねぇ。自信過剰」

「法学部だってさ。女子アナか弁護士タレント狙ってンじゃないのぉ」

「勝手に出ろよー。おまえの出る番組なんて誰も見ねぇよ」

三人組はわざわざ青蘭に聞こえるように声を放ち、貶《けな》しまくる。

コンテストの再開には学内から批判が出た。しかし主催者は「成績の優秀な学生、身体能力の優れた選手、芸術の才能に秀でた人間は世間に称えられる。その才能は本人の努力も関与するが、根幹を成すのは生まれ持った資質である。美貌も天与の資質に、痩せた身体を維持する努力とセンスを磨き続ける努力で築きあげるものだ。それを誇ってなにが悪い」と反論した。だからエントリーした学生はそういう価値観の女と見られる。悪意ある表現を用いれば、自意識過剰の目立ちたがり屋、と。

批判者の大半は今の三人組同様、同性だった。それには容姿に優劣をつけることへの非難より、同性ゆえの妬《ねた》みや嫉《そね》み、誹《そし》りが潜む。青蘭のSNSにもエントリー直後からたくさんの誹謗中傷が書き込まれるようになった。他薦されたと書いても変わらない。匿名性を隠れ蓑《みの》にした、貶《おとし》めたいだけの攻撃だ。

「よっ」

不意に後ろから肩を叩かれた。

振り返ると、同い年で医学部に在籍する南部《なんぶ》が立っている。青蘭は軽く睨んだ。

「あなたでしょ、ミスコンに応募したの」

「迷惑だった？」

「とっても」

悪びれない様子の南部に、青蘭は刺々《とげとげ》しく答える。

「でも学内一の美女が出場しないミスコンなんて意味ないだろ？」

南部は笑っている。

再び歩き出しながら青蘭は溜息をついた。南部は意に介することなく笑顔で隣を歩く。入学式で出会った彼は学部が違うのに頻繁にモーションをかけてくる。都内で総合病院を経営している資産家の跡取り息子で、成績優秀。一八〇センチを超える長身。顔だちもかなりいい。

その南部が学内一の美女と評した青蘭は、両親が揃って西欧人と日本人のダブルで、西欧人のくっきりとした目鼻立ちと東洋人の線の柔らかさが絶妙にミックスした容姿に生まれた。ぱっちりした目に、淡い色の虹彩、細い鼻筋。顔が小さく、肌は雪のように白く、プロポーションも均整がとれている。

二人が並んで歩いていると学生たちは誰もが視線を留める。

「すご、あの二人……」

「誰？　うちの大学に芸能人いたっけ？」

聞こえてくる声に南部は満足げだ。

「気にすることはない。アンチは讃辞だ。一生光の当たらない人生なんて価値がない」

「あなたは強いわね」

青蘭は嘆息混じりに答えた。自信に満ちた南部が羨ましい。青蘭はそこまで傲岸にはなれない。

「SNSのない時代ってどんなだったのかしら……」

匿名だから広く攻撃される。大抵の人間は面と向かっては言えない。特に和を尊ぶ精神を幼いころから強要される日本人は。

「今と同じだよ。誹謗中傷は常にある。時代や文明が変わろうとも。スマホを持っていなかった小学生のころでも、いじめや仲間外れはあっただろ」

「そうね……」

青蘭は視線を落とす。その視界に車のキーが差し出された。

「お詫び。送るよ」

「いいわ」青蘭は首を横に振った。「気にしないで」

「雨が降りそうだ。きみん家《ち》、駅からけっこう距離あるだろ」

青蘭は空を見上げた。

朝の情報番組が夕方から夜にかけて雷雨の所ありと放送していたが、予報は当たっていたようだ。家の方角の空は曇っている。

「傘持っているから。大丈夫」

遠慮ではなく迷惑だった。

しかし南部は強引に押してくる。

「なにかあったらご両親に申し訳ない」

青蘭は、今度は内心で何度目かの溜息をついた。密室の車内に男と二人きりのほうが危険ではないか。

青蘭の考えを読んだか、南部は一見では誠実そうな笑みを浮かべ、

「お母さんに僕が送ると言ってるとメールしたら。なにかあったら僕が第一容疑者だ」

「そこまでは」

さすがにこれ以上は断る理由がない。青蘭は不承不承ながら申し出を受け入れた。


南部は正門を出てすぐの月極駐車場に高級外車のＳＵＶを駐車していた。入学祝に祖父母から贈られたそうだ。外車で通学も恐れ入るが、大学は都心にあり、このあたりの駐車場の価格はワンルームマンションを借りるに匹敵する。高額な医学部の学費と併せて親が払っているらしい。そのお坊ちゃまぶりに、驚きを通り越して呆れる。

目立つ赤いSUVは本革シートの助手席に青蘭を乗せて幹線道路へ走り出た。

ハンドルを握る南部の運転は同い年とは思えないほどスムーズで、車体には初心者マークもつけられていない。

帰宅時間と重なり、都心の幹線道路は赤いテールランプの列ができていた。眺める二人の話題は同期のことになった。青蘭のクラスでも南部のクラスでも大学に合格することが目標で、入学後に燃え尽き症候群に陥った学生が多発している。そんな同期たちに南部は冷ややかだった。

「大学なんて通過点にすぎないのに。人は常に先を、将来を考えるべきだ」

青蘭は視線を落とした。南部の考えは理解できる。だが——。

「あなたはどうするの？」

「卒業後？　祖父や父に倣《なら》って病院を継ぐよ」

迷いない答えが返ってくる。青蘭は意外に思い、運転席に顔を向けた。

「大学に残って最先端医療の研究をするのかと思っていたわ」

南部は全科合わせた中での首席入学者だ。

「とんでもない。研究室にこもって安い給料で研究三昧の日々なんて、ぞっとするね。ノーベル賞級の発見をしたところで、名声は数十年後だよ？　もちろん研究に情熱を注いでいる人間を馬鹿にする気はないけれど、僕はごめんだね。一度しかない人生、楽しまなきゃ。良い車、良い食事、良い生活環境、良き友。ということで今度――」

意味ありげな眼差しを向けてくる。

デートの誘いを曖昧な笑みで誤魔化し、青蘭はサイドウインドーへ顔を向けた。

(嫌いではないけれど……)

自信が少し鼻につくが、会話の内容もファッションセンスも悪くはない。だが好きという気持ちは涌《わ》いてこない。もっとも想いのないデートをしたことがないわけではないが。誘われて何人かと出かけた。でも夢中になれないと知った。一緒にいながら帰宅時間を考えている。それは恋じゃない。

スピーカーからスローなサウンドに乗せて英語のラブソングが流れる。少し掠れた甘い声が離れたくないと歌っている。

(そんな気持ち、知らない……)

二

帰り着いた自宅の上空は厚い雲に覆われていた。そこに向かって超高層ビルが何本も伸びる。青蘭の自宅は東京湾湾岸にそそり立つタワーマンションの中にあった。

結局、雨は降らなかった。

「ありがとう」

青蘭は礼を言って、路肩で降りた。南部は青蘭のそっけない態度にも嫌な顔はせず、笑顔で「また明日」と答え、そのまま車を出した。

去っていく赤いテールランプを見送る青蘭にハザードランプが点滅する。それが消えると同時に鞄の中のスマートフォンが着信を告げた。

『楽しかったよ』

青蘭は返信せず、鞄にスマートフォンを戻してマンションに入った。

磨きあげられた大理石の床に靴音が響くエントランス。両親は国際弁護士で、青蘭は両親が仕事で赴任していたアメリカで生まれ、中学まで育った。自宅は両親が帰国に合わせて購入したもので、二十階にある。

玄関ドアを開けると、帰り支度をした家政婦とばったり会った。

ナイロン製の大きなバッグを肩にかけた六十代の家政婦は驚きで一瞬固まっていたが、すぐに笑顔で挨拶をしてきた。

「お帰りなさい」

「ただいま」

「お夕食、冷蔵庫に入れておりますので」

母親も働いているので掃除と夕食の仕度を依頼している。勤務は月曜から金曜までの週五日。十五時から入ってもらっている。

「ありがとうございます」

「それでは」

会釈し、入れ替わりで家政婦は出て行く。

「あ、待って」青蘭はシューズクローゼットからビニール傘を取り出し、あとを追った。「雨、降りそうです。傘を」

「折り畳みを持っておりますから。大丈夫ですよ。ありがとうございます」

感じのいい笑顔で答えて、家政婦はエレベーターホールへ消えていく。

後ろ姿を見送り、青蘭は中へ入った。

両親はまだ帰宅していない。最近は早くても八時過ぎだ。

自室に鞄を置き、スマートフォンを持ってリビングへ向かう。

両親の趣味でアーバンテイストの家具で整えられた室内の灯りは消えている。

脇のキッチンは収納カウンターの上のライトが点けてあった。三つ並んでいるダウンライトの一番奥、家政婦はいつもそこのライトを点けていく。夕食ができているという合図だ。炊飯器のスイッチが入っている。連絡はメールで済む時代にアナログな方法だが、温かみを感じて青蘭は気に入っている。

リビングの照明は点けず、窓辺に立った。開け放されたカーテン。大きな窓の向こうには美しい夜景が広がっている。一人で見るその景色が青蘭は好きだ。

しばらく眺めたあと、SNSをチェックした。

溜息が漏れた。高校時代の友人などから慰めのメッセージも届いているが、悪意ある書き込みもそれ以上に増えている。

同種のいじめはアメリカでもあった。出る杭が打たれるのは万国共通。称賛される分だけ誹謗がある。心身の障碍《しょうがい》や人種を理由に中傷したら世間は差別だと黙っていないだろう。でも〝美人〟や〝学業優秀な学生〟は恵まれているのだからと攻撃も赦《ゆる》される。しかし、どんな人間であれ痛みは変わらない。

青蘭だって今の大学に入るためにひたむきな努力をした。中学までアメリカで現地の学校に通っていた青蘭にとって、日本での大学受験はけっこう高い壁だった。高校は有名私立が設けている帰国子女枠で入れたが、大学で法学部に進むためには国語が外せない。しかし古典と日本史の知識は皆無に等しく、日本語の読解力も漢字の読み書きも充分ではなかった。高校の三年間はまさに勉強漬けの日々だった。その努力が実を結び、第一志望校に合格できた。

法学部を選んだのは自分の意志で、両親は娘も弁護士の道に進むと思っている。

（でも……）

青蘭は最近フォローしている女性のサイトにスマホの画面を切り換えた。

その女性《ひと》は両親よりずっと年上、八十歳を過ぎた日本の老婦人で、長年、女性が置かれた立場や社会的地位の問題を提起し続けてきた。国際社会学者として国内外の数々の大学で教壇に立った実績を持ち、国連難民高等弁務官を務めたこともある。

青蘭の両親は一流企業や大病院をいくつもクライアントに持つ大手弁護士事務所に在籍し、企業訴訟を手がけている。争う相手は時にはライバル会社、そして時には患者や消費者などの一般市民。企業側に過失があるとわかっている案件でも、被害者の粗《あら》を突き、クライアントの損害を最小限にとどめる。そして多額の報酬を得ている。

両親は娘の将来について口は出さないが、自分たちと同じ道に進むことを願っている。それが勝ち組の弁護士であるから。

だが青蘭は最近、将来に迷いを感じていた。きっかけが大学のオープン講義で聴講したこの人の話だった。

『皆さんは今日まで良い大学、良い就職先に入るための努力を直向《ひたむ》きに続けてきました。その頑張りはすばらしいものです。でもこの世には努力をしたくても許されない環境に置かれている人が大勢います。現代の日本でもまだ、収入が少ないから、跡継ぎだから、地方に住んでいるから、女だからといった障壁が存在します。海外に目を向ければ状況はさらに厳しいものです。どうか皆さんの恵まれた能力と恵まれた環境を、自分が勝ち抜くためにだけ使わないでください。数パーセントでもいいから、その能力を、皆で笑い、皆で幸せを感じられる社会を築くために使ってください』

八十歳を過ぎたとは思えない溌剌《はつらつ》とした口調から語られる内容に惹き込まれた。

狭い世界で生きてきたと気づかされた。アメリカの住まいはアッパークラスの地区で、学校は同じような経済力の家庭の子供たちが通っていた。日本の高校も偏差値の高い有名私学で、受験に向けて勉強だけの毎日。

彼女の言うとおり、それまでの青蘭は自分のためだけに努力をしていた。でも周りを見回すと、青蘭の身近にもあの家政婦がいる。夫が事故で働けなくなって、以来、家政婦をして家計を支えているらしいと母に聞いた。結婚してからずっと専業主婦で、結婚前も数年間ＯＬをしただけで、パソコンなんてまだない時代で、働きたくてもスキルがなくて。できることは家事だけ。だから家政婦になった。

青蘭は背後を振り返った。小さな灯りが点いているキッチン。この家を買った直後から通ってきてもらっているからもう四年になる。隅々まで掃除された部屋。料理も上手だ。仕事が丁寧だと両親も気に入っている。けれど、もしも公費で就労訓練が受けられ、その間の生活費も支給されていたら、彼女はどうしていただろう？

南部は人生を楽しむと言った。良い食事、良い生活環境。でも世の中にはそれを手に入れたくても、努力すらできない立場にいる人がいる。

持つ者が持たざる者に目を向けなくて、誰が彼らを救うのだろう。しかし、青蘭の両親は持っている者をさらに豊かにするために、持たざる者をさらに追いつめる仕事もする。

青蘭は視線を落とした。

両親のことは大好きだ。二人とも家では優しく、頼りになる保護者で、なにより青蘭を心から愛してくれている。

(でも……)

窓へ向けた目に霞んだ夜景が映った。今夜は闇が重い。雷雨にでもなりそうだ。

年々おかしくなっていく気象。地球温暖化。それが持たざる弱者をさらに苦しめる。対して自分の目に映るのは、整然と美しい湾岸の夜景。林立する高層ビル群の光。成功者の証しである超高層マンション内の自宅。

その時、閃光とともに目の前の厚い窓ガラスが粉々に吹き飛んだ。

三

ガラスの割れる音と同時に突風が吹き込んできた。

「きゃあああっ！」

青蘭は悲鳴をあげながらとっさに腕を顔の前で交差し身を縮めた。

猛烈な風が吹きつける。青蘭は全身に割れたガラス片が突き刺さるのを覚悟した。

しかし痛みは襲ってこない。

風の勢いが弱まった。

青蘭は恐る恐る目を開け、腕を下げた。

「………!?」

驚いた。

窓の外に人がいる。着物のような装束の若者が巨大な獣の背に跨がり、こっちを見ている。

窓の外――。

青蘭は息を呑み、眼球が落ちそうになるほど目を見開いた。

ここは二十階。ありえない光景だ。

若者も意表を突かれたような表情をして、大きく見開かれた双眸で青蘭の顔を直視している。灯りはないが、蒼い闇に顔がよく見えた。きりっとした精悍さと繊細な甘さが同居する端整な容貌で、年齢《とし》は青蘭より二、三歳ほど上だろうか。これほどの顔貌の青年は青蘭の周囲にはいない。

信じられない出来事に遭遇して驚愕に固まりながら吸い寄せられるように目が離せないでいる青蘭のそばへ、若者を背に乗せた獣がガラスのなくなった窓枠を飛び越えて入ってきた。

犬だろうか。体長が二メートル近くあろうかという大きな犬だ。がっしりとした骨格に引き締まった筋肉、頑丈な首、逞しい四肢。三角形の耳はぴんと立っていて、全身を覆う毛は短く、色は濃く、かすかに縞がある。

茫然と立ち尽くす青蘭の目の前で若者が大犬の背から下りた。そして青蘭に向かい合って立つ。

身長は一六二センチの青蘭より八、九センチほど高い。体格は年代的には標準、全年齢から見れば細身だ。着ているものは日本史の教科書や古都の祭りのニュース映像で見たことがある直垂《ひたたれ》で、腰に日本刀が差してある。

直垂は平安時代から戦国時代まで武士の平服として用いられたが、江戸時代に入ると将軍家や大大名など高位の武家だけが身につけるものとなり、明治に礼服が洋装となると公服としての歴史を終えたと青蘭はなにかで読んだ記憶があった。現代では大相撲の行司や神社の祭礼の奉仕者などの衣装として残るのみである。

祭礼で見る直垂は絹で仕立てても立派だが、若者が身につけているのは木綿か麻で織られた粗い生地だった。色はおそらく生成り。襟元をはじめところどころに汗染みのような変色がある。

「……お迎えにあがりました、里の巫女様」

驚きが残っているからであろうか、掠れた声で言いながら若者は青蘭に片手を差し出した。

青蘭は後ずさった。

「里巫《さとみ》様」

若者が一歩を踏み出す。

青蘭は反射的に身を返した。

「お待ちを！」

若者が叫ぶ。青蘭はスマートフォンを握りしめ廊下へ向かって走った。粉々に砕けた窓ガラスがスリッパの下でガリガリと音を立てる。

「里巫様！」

追ってきた若者に後ろから腕をつかまれた。反動で青蘭は大きく前に傾《かし》ぐ。

細身なのに若者の力は強い。

「離して！」

青蘭は振り返りざまにスマートフォンを若者の身体に打ち当てた。

ほんの少し相手の力が緩む。けれど指は離れない。

「すみません」

若者は緊張気味の声で詫びる。

端整な容姿に似合って、耳に心地いい声だった。嫌な癖もない。

青蘭はゆるゆると顔を向けた。若者も青蘭を見ている。間近で目が合った。

男らしいきりっとした眉の下で絶妙なカーブを描いている二重の双眸。瞳は大きくて澄んでいる。

「乱暴するつもりはありません」

抑えた声が真摯に言った。そしてまっすぐに青蘭を見つめながら若者は続ける。

「貴女《あなた》は里の巫女様では？」

「巫女？」

前腕を握られたまま青蘭は鸚鵡《おうむ》返しに訊く。

なにを言っているのだろう。

若者が着ている薄汚れた直垂から、かすかに樟脳《しょうのう》の香りがする。

その時、頭の中に女の声が聞こえた。

「さよう。その娘こそが里の巫女です」

次の瞬間、青蘭は闇に吸い込まれるように意識を失った。

気がつくと青蘭は大犬の背に座っていた。

背後に誰かいる。

若者だった。横向きに腰かけた青蘭を後ろから抱きかかえている。

「荘助《そうすけ》、行け」

若者が命じる。

大犬が床を蹴った。

「いやっ！」

青蘭は叫んだ。

そこはまだ見慣れたリビングだった。大犬は窓へ向かって駆ける。

身体が跳ねる。後ろから腰を抱えている若者の腕に力がこもる。

三度の跳躍で大犬はマンションの外に飛び出た。

「きゃあああっ！」

青蘭は悲鳴をあげた。部屋は地上二十階。窓の外にはなにもない。

湾岸エリアの灯りが目に入った。遥か眼下に広がっている。

青蘭は大犬の頚《くび》に抱きついた。いつのまにか持っていたスマートフォンがなくなっている。空いている両手で太い頚にしがみつく。

大犬は宙を駆けていく。まるで四本の肢《あし》の下に見えない道があるかのように。

「怖がらなくていい」耳元で落ちついた声が言った。「荘助は貴女を落としたりしません」

　若者自身も横向きに腰かけている青蘭が落ちないようにしっかりと腰を抱きかかえている。細身だが硬くて強い筋肉と引き締まった肉体を感じる。

　海上に出た。

　前方にレインボーブリッジの美しい夜景が広がる。

　力強く駆けている大犬の背の角度が変わった。海面へと向かって落ちていく。

「いやあああっ！」

「くっ」

　背後で若者が呻いた。身体の密着度があがる。重力に逆らえず若者の身体が青蘭のほうへ下がってくる。それでも青蘭が落ちないように腰を抱く腕の力は緩めない。

　夜の海面が迫ってきた。

　青蘭は悲鳴をあげ続ける。

　若者が後ろから覆いかぶさるように上半身を倒してきた。

「大丈夫ですから」

　耳元で安心させるように囁く。だがその声にも緊迫感が混じっている。

　青蘭と若者を乗せた大犬は海面に突入した。

四

海に突っ込んだと思った。けれどもそこに水はなかった。

青蘭は再び空の上にいた。

気のせいか闇が濃い。

真っ暗な中、眼下にいくつもの光が見えた。街路灯や室内灯のようなはっきりした光ではなく、ぼんやりとした黄色い光が揺らいでいる。距離は自宅の窓から望む地上より近い。

（ここは……？）

茫然と四方を見回す。

若者が青蘭の背中から身を起こした。

「荘助、さっきの門に下ろしてくれ」

若者の言に従い、大犬が向きを変えた。

闇の中に二つのひときわ大きくて明るい光が揺らめいている。近づくと篝火《かがりび》だとわかった。炎に照らされて、二階建ての大きな建物が見てとれる。瓦屋根を頂いた寺社風の立派な楼門だ。門の向こう側にも同じ灯りが見える。

門の前に若者と同じような直垂装束の男たちが複数いて、宙を駆けてくる大犬に気づき、騒いでいる。

「またあいつらだ！」

「射《う》て！」

矢を番《つが》えた弓を構えるのが見えた。

「射つな！」若者が叫んだ。「里の巫女様だ！」

男たちは慌てて弓を下ろし、地面に片膝をついた。

大犬の足が楼門前の地面に着いた。すかさず若者が下りる。

「隊の様子を見てくる。おまえは彼女についていてくれ」

大犬に命じると、青蘭を残し、若者は楼門の外へ駆け出た。

「待って！」

青蘭は慌てて自分も大犬の背から下りた。

しかし若者は振り返らず、腰に帯びた刀の鞘を握り、楼門前の階段を駆け下っていく。

「待って！」

青蘭は若者を追って自分も楼門の外へ走り出た。

高い木立の中に葛《つづら》折りの石段が下っている。左右に一定の間隔で石灯籠が立っていた。黄色い火影が幾重にも折れ曲がって、闇の中に夢幻のように続いている。

若者は後ろを見ず駆け下りていく。

青蘭はあとを追った。右足に違和感がある。スリッパが片方なくなっていた。素足が小石を踏む。痛みがあるがかまわず進む。

「里巫様！」

なにかが横を走り抜けて前方を塞いだ。青蘭は驚く。上半身裸の男が立っている。腰から下は四つ足の獣だ。青蘭は思わず振り返った。大犬の姿はない。

（では——）

犬の肩から上が人間の体に変わっている。西洋神話に登場する人馬《ケンタウルス》のような人獣だ。男の年齢は若者と同じくらい。獣の胴と四肢を合わせた身長も同じくらいか。癖のある短い頭髪は大犬の下半身と同じ黒っぽい色。篝火に照らされたそれは茶色に黒い縞がある虎毛だ。

「お戻りください。ここは聖域だがすでに夜」

人獣は人間の言葉を発した。

青蘭は少し落ち着きを取り戻した。半身は獣だが、人相は悪くない。どちらかといえば実直そうな風貌で、あの端整すぎる若者より人柄がいいように思える。話ができるのならば、と、青蘭は口調を強め叫んだ。

「帰して！」

「できません」

人獣は申し訳なさそうな目つきをしながらも、きっぱりと答える。

青蘭はその横を抜け再び石段を駆け下りた。

人獣が前に回り込み、両手を広げる。半裸の男がすぐ目の前に立ったので、青蘭は反射的に頬に平手打ちを食らわせた。

小気味よい音が夜のしじまに響く。

「ご、ごめんなさい」

引っ叩《ぱた》いてから自分でも驚き、慌てて謝る。

人獣は頬を押さえて苦笑を浮かべた。

「乱暴だなぁ」

おおらかな口調だった。どうやら怒ってはいないようだ。逆に乱暴と言われた青蘭のほうがむっとする。

「あなた……」

「荘助とお呼びください」

人獣は白い歯を見せて笑う。やはり人は悪くなさそうだ。

青蘭は気を落ち着かせ、周囲を見回した。

高い木立に囲まれ、闇が深い。葛折りの石段は終わりが見えない。若者の姿は見えなくなっていた。

石段のずっと下のほうで破裂音がした。

不安が押し寄せる。

「ここはどこ……？」

「光の宮です」

荘助の口調には迷いがない。だがそれは青蘭の望む答えになっていない。

「帰して！　家に帰して！」

実直そうな顔を翳《かげ》らせながら荘助は首を横に振った。

「できません」

「どうして⁉」

荘助は困った表情で、

「俺もどうなっているのかわからないんです」

「どういうことですか⁉　あなたが連れてきたのでしょう！　今すぐ家に帰してください！」

「ですから俺たちも聞こえてきた声に言われるままに動いただけで」

「声……」

青蘭は頭の中に聞こえた女声を思い出した。

（あれは……）

荘助は気遣わしげな表情で青蘭を見る。

「里の巫女様とご存じなかったのですか？」

「巫女？」あの声も、そして若者も同じことを言っていた。「それはなに？」

「え？」荘助は意表を突かれたような声をあげる。「なにもご存じないのですか？」

青蘭は首を縦に振った。荘助はますます困った表情になる。

「とりあえず門の中なら安全ですから」

青蘭は振り返って石段の上を見上げた。

立派な楼門だ。こちら側にも門の左右に篝火が煌々と燃え盛り、そばに帯刀した直垂装束の男たちが立っていて、こちらを見ている。内二人は手に槍も握っていた。彼らの直垂はあの若者が着ていたものより張りがある。

なにがどう安全なのか――わからない。ここはどこなのか、なにもわからない。

青蘭は心を決めた。荘助が安全と言った楼門ではなく下へ向かう。

「里巫様！」

荘助が追ってくる。先ほど平手打ちを食らわされたからか、今度は横に並んだ。

青蘭は足を止めない。戻る方法を荘助が知らないのなら、もう一人に聞くしかない。

「………」

素足の右の足裏が痛い。右足に負担をかけないようにしながら急ぐ。

青蘭に歩調を合わせて隣を歩いている荘助が溜息をつき、独り言のように呟いた。

「怒られるんだろうなぁ」

どういう意味か。横目で窺うと、荘助は短い髪をがしがしと掻きながら、

「ったく、悌《とも》哉《や》の奴、俺一人に押しつけやがって。責任とれよ」

あの若者は悌哉というのかと青蘭は胸の中で独りごちた。

突如、荘助の人の半身に変化が生じた。腕がどんどん短くなっていき、身体中に黒っぽい体毛が生え、鼻と口が前に伸び——。

驚く青蘭の前で大犬の姿に戻った荘助は一跳びして前に出ると、行く手を塞ぐように横向きになって石段に腹をついた。

乗れと言っているのだろうか。

「下に連れて行ってくれるの？」

訊ねてみると、青蘭の裸足の右足に鼻先を向け、短い毛に覆われた首を縦に振る。

足を気遣ってくれているらしい。

「ありがとう」

礼を言って、青蘭は跨った。

荘助が立ち上がる。青蘭は両腕を太い頚に回し抱きついた。乗馬の経験なら少しある。米国《アメリカ》にいたときに教室《スクール》に通っていた。そうは言っても荘助には鞍も鐙《あぶみ》も手綱もついていない。首輪もない。さっきは悌哉が後ろから抱えていてくれたが、今は青蘭一人。膝の内側と脹脛《ふくらはぎ》で荘助の胴をしっかり挟む。

「いいわ」

合図と同時に荘助は弾かれたように走り出した。

葛折りの石段。三十段ほど下りて、向きを変え、また走る。

身体が前へずり下がる。青蘭は落ちないように手足に力を込め、踵《かかと》を荘助の脇腹に押し当てて踏ん張る。

黄色い火影を滲ませている石灯籠が後方へ飛ぶように流れた。

五

荘助の頭の先に大きな鳥居が見えてきた。

左右の柱の向こうに赤々と燃え盛る篝火がある。

鳥居前を横切る道を挟んで町が見えた。瓦屋根の波の先に赤い炎が見える。ところどころで火災が起きている。

半鐘が鳴り響き、人々の悲鳴と銃のような破裂音が聞こえる。

鳥居の直下に複数の人影がある。青蘭はその中に悌哉を見つけた。そこにいる者たちとなにか話している。一緒にいるのは上の楼門にいた男たちと同じく帯刀した直垂装束の男たちで、全員、手に槍を握っている。

荘助が鳥居に着いた。

背に乗っている青蘭を見て若者はその大きな目を見開き、荘助に怒鳴った。

「なんで来た!?　ここは危険だ！　戻れ！」

青蘭は大犬の背から下り、悌哉の前に立った。

「もとの場所に帰してください」

「なにを言って……」

「なにもご存じないそうなんだ」半身が人の姿に戻った荘助が横から言い添える。「里の巫女様のことも」

悌哉は驚きをいっそう深くし、まじまじと青蘭を見る。青蘭はまっすぐ見返した。

「…………」

悌哉の瞳が揺らいだ。

その時、少し離れたところから悲鳴が聞こえてきた。悌哉は瞬時に引き締まった表情になり、そちらに顔を向ける。青蘭も声がする方向へ目をやった。

鳥居から正面に向かって一直線に伸びた町の通りを大勢の人間が走ってくる。男も女も老人も子供もいる。着ているものはみな着物で、男たちの幾人かは絡げた裾の下に股引を穿いている。

人々は金切り声をあげてなにかから逃げてくる。

青蘭は見た。

人々を恐怖に陥れているのは恐ろしい風貌をした異形のものだった。身につけているのは腰布だけ。筋骨隆々の身体、異様にふくれた腹、大きな頭部には二本の角がある。背丈は大人の男より頭一つ分高い。肌は灰色とも緑色ともつかない不気味な色で、長い爪が生えた大きな手がわしづかみにしているのは――。

(人間の赤ん坊――⁉)

青蘭は驚きと恐怖に硬直した。

「ここにいてください！　鳥居の中までは鬼は入れない！」

青蘭に言い残し、悌哉が刀を抜いて鳥居から飛び出した。

「借りるぞ！」

人獣姿の荘助も直垂の男の手から槍を抜き取り、悌哉のあとを追う。

二人は一目散に逃げてくる人々の横をすり抜け、異形のものの前に立つ。

赤々と燃え盛る篝火の灯りに悌哉の白刃が煌《きらめ》いた。

「でぇやあああっ！」

若者は鋭い声をあげながら鬼の懐に斬り込んだ。

恐怖の中、青蘭は目を見張った。

細身の肉体で悌哉は自分よりはるかに大きく筋骨隆々な鬼に敢然と向かっていく。

闇に浮かぶ端整な顔。緊張感を宿しながら、気迫のこもった鋭い眼差し。

青蘭は指を握りしめた。

あんな青年は青蘭の周囲にはいない。大学にいるのは今時の学生ばかりだ。手には常時スマートフォン。戦闘ゲームはしても争いは好まない若者たち。

張りつめた悌哉の鋭さが心に突き刺さる。

人獣の荘助も敢然と槍を振るっている。

しかし鬼は動きが速く、力が強い。長く伸びた鋭い爪。耳まで裂けた大きな口の中には猛獣のような太く長い牙が見える。

青蘭は逃げてきた人々が通りの向こうの家の陰に身を潜めていることに気づいた。

悌哉は鳥居の中には鬼が入ってこないと言ったのに、そこで留まっている。

「助けに行ってください！」

青蘭はそばにいる直垂の男たちに向かって声をあげた。

安全だという場所で槍を手に立っている男たちは顔を見合わせた。

「なぜだ、娘」

一人が居丈高に答える。

（なんて男《ひと》たちなの！）

青蘭は憤った。

（女性や老人や幼い子供が目の前にいるのに、自分さえ無事ならいいの!?）

青蘭は意を決し、自分が鳥居から出た。

「おい、娘！」

背後で男たちが叫ぶ。

青蘭は人々のもとへ走って行った。

「ついてきてください！　鳥居の中なら安全です！」

だが人々は直垂の男たちと同じく顔を見合わせる。

「早く！」

青蘭は急《せ》かす。

「儂《わし》らは鳥居の中には入れねえ」

「大丈夫よ！」

ここがどこなのか、なにがどうなっているのか、場所も状況もわからない。だが上の楼門にいた男たちは悌哉が青蘭のことを巫女だと言うと跪《ひざまず》いた。巫女は神に仕える女性。そしてここには鳥居。石段の上にあるのは神社か。

(だったら私は関係者のはず)

青蘭はそばにいた七歳くらいの女の子の手を取った。童女の傍らには母親らしい女。女の背には赤ん坊がいて、さらにもう一人幼い子供の手を引いている。

「さあ!」

青蘭は人々を促し、女の子の手を握って走り出した。

母親がついてくる。人々もあとに続く。

鳥居に着いた。槍を手にした直垂の男たちは制止しようとしない。先頭の青蘭はそのまま鳥居を潜る。

しかし急に手を引かれた。背後で子供の泣き声があがる。子供だけがなにかに激突したような衝撃があった。

青蘭は鳥居を潜れたが、子供は通れない。それを見て人々も足を止めた。

「どうして⁉」

「だから助けられんと言ったのだ」

「この鳥居は通行札を授けられた者しか入れん」

男たちは冷ややかに答える。

「通行札?」

「知らんのか、娘。これだ」

一人が襟の内側から首から提げた板を取り出す。幅は五センチ、長さは十センチほどの小さな板で、表面は白く光沢がある。そこに八つの円が花びらのように丸く重なって連なった図柄が彫られている。

「それはどうやってって手に入れるのですか⁉」

「どうやってって、上の宮で授けられたに決まっとるだろうが」

「もらってきてください！」

「あぁっ？」

男たちは呆れている。

青蘭は歯噛みした。

悌哉と荘助はまだ戦っている。二人の奮闘によりあの恐ろしい姿の鬼は通りの向こうで食い止められているが、町のあちらこちらで悲鳴や破裂音がしている。ほかにも鬼がいるのかもしれない。武器を持たず逃げてくる人々を見捨てられない。

悌哉と荘助は青蘭のことをなんと呼んだか。青蘭は懸命に思い出す。

「里の巫女が命じます！　今すぐ通行札をもらってきなさい！」

石段の上を指差し、凛と命じた。男たちはいずれも青蘭より年上で、中には中年域の者もいる。年下も含めて、これまで他人に命令口調で言ったことなどない。

だが男たちは青蘭の言葉に驚いた。

「里の巫女様⁉」

「おまえが⁉」

「そうです！」

青蘭は居丈高に答える。この程度の非礼は許されるだろう。

男たちは慌てて跪いた。その頭上から青蘭は毅然と命じる。

「わかったら早く通行札を！」

「は、はいっ」

それまでのぞんざいな扱いから一転、一人が慌てて石段を駆け上がっていく。

青蘭は再び鳥居の外に出た。

町の衆も驚いていた。大人たちは慌てて地面に額《ぬか》ずく。

「いいんです！」青蘭は手を振った。「立って！　立ってください」

人々は平伏したまま顔を見合わせあった。

「そうしていると危険です。お願いですから立ってください」

青蘭が促すと、ようやく頭を上げる。それから一人、また一人と遠慮がちに腰を上げた。青蘭は淡く笑む。

「待っていてください。すぐですから」

そこに赤ん坊を抱いた悌哉と荘助が戻ってきた。恐ろしい異形のものは通りに横たわっている。

「なにをしているんだ！　鳥居の外に出るなと言っただろう！」

ぐったりとして泣き声一つあげない赤ん坊をその場にいた男の一人に預けるやいなや、悌哉は青蘭を怒鳴った。先ほどまでは敬語だったのに言葉遣いも荒い。

「この人たちを見捨てられないわ！」

青蘭は訴えた。

悌哉は大きな目を見開く。

「貴女は……」

そこへ男を乗せた大犬が鳥居の前の道を左から走ってきた。男が着ているものは直垂ではなく、生成りの布の小袖に膝までの短い袴。その下に股引を穿いている。

「悌哉、荘助！　どこに行ってた！」

二人を認めて男が声をあげた。

「康吉《こうきち》！」

「状況は⁉」

荘助と悌哉が口々に答える。

「西の砦は全滅した！」

悌哉の顔に衝撃が走った。

「兄さん――副長は⁉」

「わからねえっ！　俺は東の砦に報《しら》せに行くところだ！　鬼は相当数入り込んじまっている！」

叫ぶと、男と大犬は鳥居の前を駆け抜けていった。

悌哉が、大犬がやってきた方向に向かって走り出した。

「悌哉！」

荘助があとを追い、腕をつかんで止める。

「放せ！　兄さんが！」

「わかってる！　けど――」

その時、町衆《まちしゅう》から悲鳴があがった。

「鬼だ！」

悌哉と荘助は、はっと町の通りのほうに顔を向けた。

新たな人々が逃げてくる。その後ろに大口を開け牙を剥き出した恐ろしい姿がある。

「くそっ！」

悌哉と荘助は再び刀と槍を握り駆けていく。

鳥居前に固まっている人々を見て、新たな一群もやってきた。しかし先の一群同様に彼らも鳥居の中へ逃げ込めない。

そこへ見るからに裕福な形《なり》の男が家族を連れて逃げてきた。

「八人だ！　通るぞ！」

男は槍を持った直垂の男たちに叫ぶと、一行はそのまま鳥居を通過していった。

「旦那様！」

後ろをついてきた、大きな風呂敷包みを背負った使用人らしい男や女たちが鳥居の前で叫ぶ。

「おお、おまえたちも入れ入れ」男は再び出て行き、「六人だ」使用人たちを連れて再び鳥居を潜る。

最初に八人。次いで六人。

「待って！」青蘭は安全な鳥居の内側に逃げ込んでやれやれと汗を拭っている男に声をかけた。「通行札を持っているのですか⁉」

「この者は宮の御用商人です」

直垂装束の男が答える。

「今、二回入ったけど」

「御用商人の通行札には人足の人数が書いてあります。この石段は馬か人力でしか物資を運べないので。人数内なら自由に人足をつけられます」

「その通行札は何回でも通れるのですか⁉」

「そうですが」

だったら――。

「貴方《あなた》！」青蘭は御用商人に声をかけた。「そこにいる人たちを鳥居の中に入れるのに協力してください！」

「私の知ったことか！」

御用商人の返事に青蘭は驚き、むっとする。

「貴方、それでも人の上に立つ人間ですか！　持たざる者への慈悲は持つ者の義務です！」

「なんだ、この娘は」

「里の巫女です！」

「ひえええっ」

尊大な態度をとっていた御用商人は一転、腰を抜かした。

「わかったら早く！」

「は、はいっ」

商人は急いで立ち上がると青蘭の命令に従う。

青蘭は再び鳥居の外に出た。御用商人の通行札に書かれた数字は七。

「七人ずつ組になって！　子供やお年寄りが優先です！」

「ありがとうございます、里巫様！」

「ありがとうございます！」

人々は歓喜し、両手を合わせて何度も深く頭を下げる。

「慌てないで。順番を守って。大丈夫、全員、避難できます」

青蘭は鳥居の外に立って、御用商人が一度に七人ずつを連れて鳥居の下を往来する様子を見守る。

「里巫様！」

鬼を倒した悌哉と荘助が戻ってきた。

悌哉の薄汚れた直垂や、荘助の裸の上半身や犬の下半身には鬼のものと思われる返り血が無数についている。

「ここは大丈夫です」青蘭は悌哉に答えた。「だからあなたは砦に行ってください」

悌哉と荘助は驚いている。青蘭もなぜそんなことを言う気になったのかわからない。帰る方法を問いつめるために悌哉を追ってきたのに。

（でも――）

青蘭は大きな目を見つめ、きっぱりと言を継ぐ。

「砦にお兄さんがいるんでしょう」

「里巫様！」

石段の上から声がして、一群が駆け下りてきた。先頭は通行札をもらいに行った直垂の男。その後ろにはやはり直垂装束の男や和服姿の女が大勢続いている。

なぜだか嫌な予感がした。

「行って！　早く！」

青蘭は悌哉と荘助を急かす。

「すまない」

悌哉は礼を言い、大犬になった荘助の背に跨がり、先ほど大犬と男がやってきた方向へ、一目散に駆けて行った。

石段を下りてきた一群はそのまま鳥居の外へ走り出た。

女性たちが身につけている和服は巫女の装束だった。着物も袴も白。全員、長い髪を項《うなじ》の上で一つに束ねている。その髪を括《くく》っている紐も白。二十人以上いて、年齢は、上は五十半ばと思われる齢《とし》から下は十代後半の少女まで。

その中の若い世代は篝火に照らし出された青蘭の顔を見て驚きを表情に浮かべた。

青蘭は理由を察した。同様の反応を人種の坩堝《るつぼ》のアメリカから日本に越してきて何度も経験してきた。東洋人とは少し異なる外観への偏見と同時に、南部に学内一と言われた美貌を前にしての感動と驚愕。

身につけた処世術で青蘭は少し首を傾げ、淡く笑った。優越感を見せつけ、反感を買ってはいけない。女社会の煩わしさはアメリカも日本も同じ。無視や誹謗中傷を避けるためには初対面の印象が大事なのだ。

楚々としてみせる青蘭の挙措《きょそ》に若い女性たちはそっと目を見合わせる。

最年長らしき女性が前に出てきて、地面に両膝をつき、腕を顔の前に上げて手を袖の中に入れ、深く頭を下げた。ほかの者も急いで倣う。

「ご光臨の由、大慶至極とお祝い申しあげます」。女性は恭しく告げる。「内司《ないし》を仕《つかまつ》ります下総《しもうさ》の命婦《みょうぶ》にございます」

青蘭はどう反応してよいかわからず、なにも言えない。

下総の命婦は周囲を見回し、「里巫様お一人か？　楠壮士《なんそうし》と犬士《けんし》はどこです？」

「あの、それが……」

もともと鳥居にいた直垂の男たちが語尾を濁す。青蘭は代わって答えた。

「二人は西の砦に行きました」

「なんですと!?」命婦は大きな声をあげた。「楠壮士と犬士が里巫様のそばを離れるなど！　すぐに連れてまいれ！」

一緒にきた直垂装束の男たちに命じる。

「わ、我々がですか!?」

「ほかに誰がいる！　早うせよ！」

命婦の剣幕に男たちは悌哉と荘助のあとを追って行く。

「どうぞ宮へ」

命婦が青蘭を促した。

「でも……」

青蘭は周囲を見回した。御用商人のおかげで町の衆は全員無事に鳥居に入ったが、まだ逃げてくる人がいるかもしれない。

青蘭の迷いの意味を汲み取り、命婦は首を振り毅然と答える。

「ご命令のとおり、逃げてまいった町衆は鳥居の内に入れ、保護いたしますゆえ」

遅れて、大勢の男が担ぐ輿《こし》が石段を下りてきた。

「どうぞ、宮へ」

真摯な眼差しで命婦は青蘭を仰ぎ見る。その気迫に青蘭は反論する言葉を失い、首を縦に振った。

第二章　光の宮

一

荘助《そうすけ》の背に乗って駆け下りた石段を、輿に乗って青蘭《せいら》は上った。

輿は青蘭を乗せたまま楼門を通過する。

着いた先は広大な庭園の中に建つ寝殿造りの館だった。

天井が高く、床面積は青蘭が通っていた高校の体育館ほどあるだろうか。建物内は襖《ふすま》でいくつかに仕切られ、小部屋が取り巻く中心に母屋《もや》という大きな部屋がある。

母屋の床は磨き上げられた板張りで、いたる所に灯りが灯されている。照明器具は白い和紙を張った低い行灯《あんどん》と、支柱の高い灯台。どちらも和蝋燭が燃えている。たくさん置かれていたが、電灯に比べると光量は格段に乏しく、部屋の広さも相まって隅のほうは薄暗い。

母屋には衣紋《えもん》掛けがあり、絢爛豪華な十二単《ひとえ》がかかっていた。命婦《みょうぶ》たちはそれに着替えるよう青蘭に言ったが、着替えたら帰れなくなりそうだと感じた青蘭は拒否した。

青蘭が命婦の言に従い、ここまでついてきた目的はただ一つ――。

やむなく命婦たちは青蘭が今着ている衣服の上に十二単の一番上の袿《うちぎ》一枚だけ羽織ることを求めてきた。青蘭はその妥協案は受け入れた。必要以上の諍いは起こすべきではないし、一枚羽織るだけならここぞという時にはすぐに脱げる。

袖を通した袿は絹の綾織物に金糸銀糸の刺繍が施されていて、袖先は手の甲が隠れるくらい長く、裾も床を這う。

衣服が調うと、青蘭は母屋の中心に置かれた畳の上に座らされた。四方を見事な綾織の高麗縁《こうらいべり》で囲った厚く弾力がある畳だったが、幼少期から家では椅子の生活だった青蘭は正座に慣れていない。命婦に断りを入れて足を崩した。

青蘭の前に命婦を筆頭にして十人ほどの女性が控えている。彼女たちは畳を敷かず床板の上に正座している。控えているのは女性ばかりで、直垂の男たちは寝殿にあがってこなかった。

ほかにも建物内には大勢の人がいるようで、姿は見えないが気配を感じる。閉めてある襖の向こうから覗いているらしく、ひそひそ声が聞こえてくる。

自分は里の巫女というものらしく、命婦たちの装束も巫女だが、建物の造りなどから、どうやら状況は高校の古典の授業で学んだ源氏物語に登場する平安時代の貴族社会のようだと青蘭は感じた。命婦たちの態度や言葉遣いからも自分は客ではなくこの館の主人らしいと察する。

「ここはどこなのですか？」

「下総国《しもうさのくに》の光の宮でございます」

命婦の答えに青蘭は溜息を落とす。知りたいのはそういうことではない。

「私はどうしてここに？」

「里の巫女様だからでございます」

それはこれまでの話から察しがついている。青蘭が知りたいのは、なぜ自分がここへ連れてこられたのかということだ。

だが、青蘭の心を知らず命婦や内司《ないし》という女性たちは、

「これで我らはまた伏姫《ふせひめ》様のご加護を賜ることができました」

「まことありがたいことでございます」

全員が恭しく頭を下げる。

青蘭は苛立った。意志の力でそれを抑え、

「一番偉い人に会わせていただけませんか」

「我らが主は里の巫女様、御身様でございます」

ことごとく望まない答えに青蘭はつい語気を荒らげた。

「では、私はどうしてここに⁉　どなたか答えてください！」

「その者たちに言っても無駄ですわ」

部屋の外から女性の声がした。


母屋を取り巻く小部屋の外にある板張りの廊下、簀子縁《すのこえん》から若い女性が入ってきた。

「陸前国《りくぜんのくに》の里の巫女様がおみえにございます」

案内してきた内司が小部屋の外から命婦に報せる。

青蘭と同年齢か二、三歳上くらいと思われる外見で、茶色の長い髪をゆるく巻き、青蘭のように袿の一枚だけの裾を引いている。ぱっちりと大きな目に白い肌。人形のような美人だ。美しい花が刺繍された袿の下は、着物の形態に近いが胸元が水平に開いた巻物を着て、腰には宝石のついた革帯《ベルト》を締めている。脇の下までの裾除けに革帯が近い。

「まあ、なんて綺麗なかたかしら。嬉しいわ、あなたのようなかたがお隣さんなんて」

青蘭を見て、陸前国の里の巫女と紹介された美女は魅力的に笑う。

青蘭は彼女が嬉しいと言った瞬間、命婦をはじめそこにいた女たちの間に怒りや嫌悪のような微妙な空気が走ったのを感じ取った。

「初めまして。麻帆《まほ》です」

麻帆は命婦たちの反応に気づいているのかいないのか、感じのいい笑顔を青蘭に向けながら名乗る。

後ろに直垂を着て腰に剣をつけた長身の美丈夫と実直そうな半人半犬の人獣を伴っていた。荘助は上半身裸だったが、その人獣は直垂の上衣を着て、刀をつけている。美丈夫のほうの容貌は青蘭の価値観では俳優並みに値する。長髪を後ろで一つに束ね、耳には小さな宝石が光っている。

「ここにいる者たちはこの世界しか知らないのです。私たちの身に起きたことを想像することはできません」

またも麻帆は周囲の女性たちの気に障るような、上から目線の物言いをした。立ったままだからなおさらだろう。実際、命婦をはじめ年嵩の女性たちの目つきが険しくなる。だが青蘭はそれについては触れないと決めた。

「青蘭と申します。私たちって、ではあなたも？」

「十年になるかしら。ここにいる礼人《れいと》と大角《だいかく》に」

振り返って仰ぐ麻帆に、美丈夫の礼人は淡く笑う。麻帆は微笑《ほほえ》みを返し、青蘭に視線を戻した。

「驚かれたでしょう。取り乱されているのではと思って、ご挨拶がてら伺いました」

命婦が青蘭の前に客人用にと半間四方の畳を出した。

そこに麻帆は座る。挙措は女らしくて優雅だ。正座をした麻帆に青蘭は慌てて自分も座りなおす。麻帆が微笑《わら》いながら手を振った。

「無理はしないで。どうぞお楽に」

青蘭は苦笑いを浮かべ、言葉に甘えて足を崩させてもらった。

礼人と人獣の大角にも畳の敷物が差し出された。麻帆の後ろに並べられる。

二人が腰を下ろすのを待って、青蘭はもっとも知りたいことを口にした。

「ここはどこなんです？」

「わかりません」

「わからないって」

「科学的な説明はできないの。私たちはこの世界に八つある光の宮の里の巫女。ここは下総国の光の宮です」

「つまり私たちのような人が八人いるのですか？」

「そう。常時八人。一人亡くなると新たな人が連れてこられる。みんな青蘭さんと同じ。楠壮士《なんそうし》と犬士《けんし》によって連れてこられた」

「どうして私はその、里の巫女というものに？」

麻帆は首を横に振った。

「どうして選ばれたのか。その理由もわかりません」

「では帰る方法は⁉」

麻帆は目を伏せ、また首を横に振った。

「そんなっ」

青蘭は指を握りしめた。

目をあげた麻帆は気の毒そうな眼差しを向けながら、ごく淡い笑みを浮かべ、

「でも悪い暮らしではないわ。なにもしなくていいのですもの。夏でも暑くないし。それに齢を取らない。外見が変わらないということです。死なないわけじゃない。ずっと連れてこられた時のままの姿で生きられる」

最後は表情が穏やかなものに変わる。

だが青蘭は顔を背けた。それが良いことだと今は思えない。

(光の宮の里の巫女？　帰れない？)

見えない壁が身体の前後から押し寄せてくるような感じがし、胸がつまって苦しい。

目の前の美女はここに十年——。

突然、外が騒がしくなった。

簀子縁のほうで女性たちの悲鳴が聞こえる。

すかさず礼人と大角が刀の柄《つか》に手をかけて腰を上げ、青蘭と麻帆の前に出て盾と

なった。

二人の背中越しに悌哉《ともや》と荘助が母屋に入ってくるのが見えた。

その姿を見た瞬間、青蘭は現状を忘れ、悌哉の顔に吸い寄せられるように視線が釘づけとなった。やってきた若者の顔は能面のように無表情なのに険しい。

その悌哉の直垂には大量の血が付着していた。荘助の裸の上半身や獣の下半身にもついている。

麻帆が血を見て悲鳴をあげた。青蘭も息を呑む。

礼人が振り返って床に膝をつき、麻帆を胸に抱き寄せた。惨状が麻帆の目に触れないように直垂の袖で隠す。麻帆は礼人にすがりついている。

青蘭は二人の関係をなんとなく察した。

「大丈夫か？」

大角が悌哉と荘助に声をかける。

悌哉は問いに答えず、青蘭のほうを見ようともしない。荘助が代わって口を開いた。

「俺の血じゃありません。これは鬼の血と、それからまだ息のある者を運んだので。相棒も無傷です」

答えに青蘭は安堵する。

前に控える命婦が声を荒らげた。

「そんな姿で参上なさるとは、なにを考えておられるのです！　貴方がたはもう防人《さきもり》の兵衛《ひょうえ》ではないのですよ！　楠壮士と犬士のお役目は里の巫女様をお護りすること。そのお役目を放り出し、里巫《さとみ》様をお一人になさるとはなにごとか！」

「みな戦っているんだ」悌哉が怒りの滲む低い声で答える。「まだ鬼がいる。人々が家を焼かれ、殺され、逃げ惑っている。それを護るのが防人！　そのために俺たちは戦っている！　鳥居の内は結界で護られ、安全なのだろう⁉」

険しい声に険しい表情、険しい目つき。砦に向かってからいくらも時間は経っていないというのに、悌哉の豹変に青蘭は驚く。

「ま、気持ちはわかるけどな」

横から悌哉にかける声があった。青蘭は視線を向ける。言ったのは礼人だった。

「今朝まで同じ釜の飯を食っていた仲間。兄弟同然の者たちだ。見捨てられるわけがない」

悌哉は唇を噛みしめる。剣の鞘を握った手に力が入る。

礼人は淡々とした口調で続ける。

「ましてや前の里巫は長患いだったと聞いている。襲撃も頻繁にあったはずだ」

今度は前に控える内司たちが顔を逸らした。中には袂を目にあてている者もいる。

「礼人」

麻帆がたしなめた。そして美丈夫の腕から身体を起こし、青蘭に目を向け、淡く笑う。

「詳しいことをお知りになりたければ、お隣の伊豆国《いずのくに》の宮の馨《かおる》さんにお聞きになったらよろしいわ。京都の国立大の大学院で情報工学を研究なさっていた秀才で、たくさんの書物を集めていらっしゃるの。青蘭さんのお聞きしたいことにきっと答えてくださる」

二

青蘭は天蓋つきの帳台《ちょうだい》の中で寝返りを打った。

母屋の一部を新たに襖で仕切って設けられた帳台は、四方を紗の帳《とばり》に囲まれ、二枚重ねの畳の上に厚く柔らかい布団が敷かれている。布団の表布は敷きも掛けも絹。極上の肌触りで寝心地は悪くないが眠れない。

足元の襖の向こうには宿直《とのい》の内司たちが控える部屋がある。その内司たちもまだ起きているらしく、かすかな物音が聞こえる。さらに背後の襖のずっと奥のほう、寝殿の端の部屋からは内司の長である命婦が内司たちを急き立てる声がしていた。

「急な御用です。どなたもさっさとお縫いなさい」

青蘭と悌哉と荘助の着物が縫われているのだ。麻帆たちが帰ると三人とも採寸された。衣紋掛けにかけてあった十二単は新たな里の巫女を迎えるために仮に用意されていたもので、着ていた袿は床を這うほどに裾が長かったが、着丈も袖丈も青蘭には短かったらしい。

建物の大きさもだが、内部もまるで体育館のようにがらんとしている寝殿造りの宮。内司が簀子縁を行き交う足音が遠くでたまに聞こえるが、物音はあまりしない。

高層建築《タワーマンション》内の自宅は人工の音が常に聞こえていた。冷蔵庫の作動音《モーター》、空調設備《エアコン》、空気清浄機、時計の秒針。父親が好きだった西洋古典音楽《クラシック》。

香りも違う。母親が愛用していた精油香《アロマ》に代わって漂うのは和蝋燭の灯明油の匂い。

「パパ……、ママ……」

帰宅して窓ガラスが粉々に割れたリビングの惨状を見、娘がいないことを知ったら、どんな気持ちだろう。心配しているだろうか。

『一人亡くなると新たな人が連れてこられる。みんな青蘭さんと同じ。楠壮士と犬士によって連れてこられた』

麻帆の話が頭を巡る。

つまりここにいた里の巫女は――。

（そして私が次の巫女として連れてこられた……）

帰れないという現実が胸を締めつける。

青蘭は唇を噛んだ。

横になっていても眠れそうにない。

じっとしていられなくて起き上がった。絹の白い夜着の上に袿を羽織り、襖を開けて宿直の内司たちの部屋へと出る。

「いかがなさいました、里巫様」

「ご用でしたらお呼びくださいませ」

縫い物をしていた内司たちは驚き、仕立物を脇に置き畏まる。

先ほどは巫女装束だったが、内司たちは着物に着替えていた。巫女装束は正装らしく、普段は着物だと聞いた。しかし青蘭が知っている女性の和服とは仕様が少し違う。腰のおはしょりがない対丈《ついたけ》で、青蘭が着ている夜着も踝《くるぶし》の丈である。

「一人にしてください」

言い置いて青蘭は遣戸《やりど》を開け、庭に面した簀子縁に出た。

外は真っ暗で、広い庭園のあちらこちらに置かれた石灯籠の黄色い火影が遠く近く、ぼんやりと灯っている。幽玄な光景はまさに夢か幻か。常ならばそれを美しいと感じたかもしれない。しかし今の青蘭は心をいっそう重くするだけだった。宝石を撒き散らしたように人工の光の粒が煌く高層建築《タワーマンション》からの見慣れた夜景とはまったく違う。

目を逸らして気づいた。

建物の角に悌哉が座り込んでいた。刀を抱き、外を見つめている。血が付着していた直垂は真新しい物に着替えてあった。

すぐそばで篝火が煌々と燃え盛っていて、精悍さと甘さが同居する繊細な容貌に濃い陰影を落としている。表情は硬く暗い。しかし一心に闇を見つめているその横顔は目を惹きつけるものがあった。今は他人《ひと》のことなどかまっていられない状況のはずなのに、胸がざわつく。

見つめていると足元から声がかかった。

「眠れないのですか？」

驚いて視線を向けると、人の上半身を高欄にもたせかけて荘助が座り込んでいる。そばの床の上には鞘に収めた刀があった。上半身は裸ではなく悌哉と同じ直垂の上衣を身につけている。

「あなたも？」

「荘助とお呼びください」

青蘭を見上げ、ほのかに笑う。

人と獣の二形《ふたなり》なのに、荘助はおおらかで誠実そうな感じを受ける。肌は少し浅黒く、人の姿だけを見れば短い髪もあいまって運動選手《スポーツマン》のようだ。

「荘助、さん」

「さんづけなんて、生まれてこのかたされたことがない。ただの荘助。みんなそう呼びます」

「荘助」

青蘭は呼びなおしてみる。荘助は白い歯を見せて微笑《わら》いながら頷いた。青蘭も口元を緩める。米国《アメリカ》育ちの青蘭は敬称をつけない呼びかたのほうが馴染みがあった。

「私の警護？　さっき命婦さんにお役目について長々とお説教されていたでしょう」

「まいりました」

荘助は首の後ろを掻く。青蘭は笑った。それから「彼は？」と言いながら悌哉に目を向ける。呼び戻されたことに納得していない様子だった。

「そっとしておいてやってくれませんか」荘助が静かに言った。「お叱りの件だけじゃなく色々あって」

青蘭は荘助が言葉にしなかった事柄について思い至った。

「彼のお兄さんは……」

荘助は首を横に振った。

「そう……」

青蘭は改めて悌哉に目を向けた。

硬い表情で刀を抱き座っている。

彼も家族を亡くし傷ついているのだ。

「こんなところにいないで、お兄さんのそばに」

だが荘助はまた首を横に振った。命婦に叱られたから行けないという意味だろうか。

「お二人は私の警護なのでしょう。だったら命婦さんには私から――」

「そういうわけではなく……」

荘助は苦笑混じりに答える。なにか事情があるのか。

「そう……」

理由はわからないままに青蘭は呟くように相槌だけを打った。

話し声が届いたのか、悌哉が振り向いた。目が合う。だが悌哉はすぐに視線を逸らし、顔を伏せた。見えている口元に力が入る。硬い表情がいっそう苦しげなものになる。

気になり、青蘭はそばへ行った。荘助も後ろをやってくる。

「……すまない……」

下を向いたまま悌哉は呟くように詫びた。

「なにを？」

「なにも知らなかったって」

青蘭は視線を落とした。

「ええ……」

束の間忘れていた胸の痛みが甦る。

顔を伏せたままの悌哉が訊ねた。

「家の者は？」

「家族？」青蘭は視線を戻し答える。「父と母」

「そうか……」

刀の鞘を抱きかかえた指に力がこもる。

（他人の痛みがわかる優しい人なのね……）

自分もお兄さんを亡くして辛《つら》いのだろうに。

「……訊いてもいいですか？」

青蘭は静かに問いかけた。

悌哉が顔を上げる。

「なんだ？」

「帰る方法がわからないって、じゃあ、あなたたちはどうやってきたのですか？」

悌哉は青蘭の背後の荘助と顔を見合わせた。

「声が聞こえたんです」

荘助が答えた。悌哉が続ける。

「俺たちは鬼が出たと一報を受けて陣屋から砦に向かっていた。その途中で突然、身体に衝撃があって、女の声が聞こえた」

「女性の声……」

「ああ。新しい里の巫女を迎えに行けと」

青蘭も聞いたあの声だろうか。

「声は次々と指示を伝えてきた。俺たちはその声が言うままに、荘助に乗って鳥居を潜り、石段を駆け上り、楼門を潜ったら、目の前に貴女がいた」

「戻る方法も声が伝えてきたんです」

荘助が言った。

二人の表情は真摯で、嘘をついているようには思えない。

「じゃあ……」

悌哉も荘助も本当に知らないのか。

青蘭は肩を落とした。

「そう……」

悌哉と荘助が気遣わしげな眼差しで見ている。

青蘭は淡く笑った。

「気にしないで」

そうは言ったが、心は重い。

行きは楼門を通り、戻る時は海に突入。それはわかったが、一体どういう仕組みで二つの世界を行き来したのか。

夜空を振り仰いだ青蘭は目を見張った。

漆黒の天空に黄色い星の川が揺らいでいる。いや、星ではない。星は天空一面に散らばっているが、その光はなにかの形を表すように小さな塊や線になって繋がっている。それに似た物を青蘭は見たことがあった。まるで宇宙から見た夜の惑星《ちきゅう》の表面のような――。

青蘭は高欄を乗り越え、庭に飛び下りた。

「里巫様⁉」

悌哉と荘助が驚く。

青蘭は裸足のまま駆け出した。そして寝殿から少し離れ、再び夜空を仰ぐ。

黄色い星の流れは寝殿の屋根に沿って真上を通り、天の半分を覆っている。小さな光、それがたくさん集まって大きな塊になっている光、一直線の光、緩やかな曲線を描く光、いろいろある。

「あれは……！」

「里巫様」

悌哉と荘助がやってくる。

青蘭は答えず空を見続けた。

小さいものも、大きいものも、すべての光が揺らいでいる。光だけではない。空一面が揺らいでいる。雲一つない夜空なのに、水中のように揺らいで見える。

（あれは水面《みなも》……？）

水面の向こうに青蘭がいた世界があるのだろうか。

悌哉が低い声で言った。

「やってみるか、もう一度」

「おい」

荘助が声をあげる。

青蘭は顔を向けた。

悌哉は青蘭を見ず、荘助のほうへ視線を向け、

「おまえはいい。向こうに出ても、もしも飛べなかったら」

「どういうこと？」

訊ねる青蘭に、悌哉は顔を向け、答える。

「荘助は鳥のように飛ぶことなどできない」

「でも」

脇から荘助が説明した。

「あの時どうして宙を駆けられたのか、実は俺にもわからないんです」

青蘭は目を見開いた。

悌哉は青蘭の目を真剣な眼差しで見つめ、言を継ぐ。

「死ぬかもしれない。それでもいいのなら」

青蘭は息を呑み、我知らず胸元で手を握った。

「……あなたは？」

それでは悌哉も死んでしまう。

「俺のことはいい」端整な容貌の若者はきっぱりと言う。「貴女がどうしたいのか」

その表情には命婦の前で見せた荒々しさは微塵《みじん》もない。澄んだ瞳はまっすぐ青蘭を見つめている。

青蘭は決心し、頷いた。

二人は楼門に向かった。

「おい」

荘助が追ってきた。人獣は青蘭と悌哉の横に並ぶと悌哉の二の腕に拳を打ちあて、

「俺を置いていくなよ、相棒」

悌哉はかすかに口元を緩めた。

笑みを返し、荘助は大犬に変態した。地面に伏せ、乗れ、と青蘭を促す。

「ありがとう」

裸足だった青蘭は心遣いに感謝し、大犬の背に腰を下ろした。

三

石灯籠が灯る広大な庭園を歩き、三人は楼門にやってきた。

燃え盛る篝火の炎の灯りの中、二層の重厚な木造建築が闇にどっしりとそびえ立つ。

門を護る衛門《えもん》たちは大犬と若者と娘の三人組がまたやってきたので驚いていたが、今度はその中の一人が里の巫女とわかっているのですぐさま跪いた。

青蘭たちはなにも言わず開いた門から楼門の外に出た。腰を落とした衛門たちは訝しげな表情で顔を見合わせて見送る。

荘助はゆっくり石段を下りていく。背に腰かけた青蘭は揺られながら手を握りしめた。緊張感と恐怖がじわじわと高まってくる。悌哉は無言で隣を歩いている。

葛折りの石段が方向を変える場所まで下り、荘助は足を止めた。身体の向きを変え、下りてきた石段に向き直る。

石段の上には楼門がそびえる。

悌哉が空に向かって叫んだ。

「伏姫様に申し奉る！」

あの声の主が伏姫という人なのか。

「こちらの女人がお育ちになった地へ、我らを再びお渡し願い奉る！」

夜のしじまに朗々とした声が響き渡る。

青蘭は唇を噛み締めた。

悌哉が後ろに乗り込んできた。硬い腕が青蘭の腰を抱きかかえる。

「いいか？」

耳元で声。

青蘭は心を決め頷いた。

「荘助、行け！」

悌哉が命じる。

人獣は一声吼《ほ》え、走り出した。

力強く石段を駆け上がっていく大犬の背で、青蘭は身体を硬くする。しがみついている荘助の頚が温かい。背中に感じる肉体はもっと力強く温かかった。

大犬は駆ける。

楼門が近づいてきた。
青蘭はぎゅっと目を閉じた。腰に回された悌哉の腕にも力がこもる。
楼門を潜った。
変化は起きなかった。
目の前には石灯籠が点在する夜の庭園が広がっている。
怪訝な表情をした衛門たちが目の前を通過していった大犬を眺めている。
「駄目か……」
悌哉が呟く。
青蘭はうなだれた。

第三章　伏姫《ふせひめ》と光珠《こうじゅ》

一

薄布に囲まれた天蓋つきの帳台の中で青蘭《せいら》は目を覚ました。

白い紗の布を通して光が入っているが周囲は薄暗い。見慣れない光景に一瞬自分がどこにいるのかわからなかった。しかしすぐに状況を思い出す。

（そうだった……）

溜息をつく。夢であってくれればと願ったがこれは現実だった。ここは両親と住んでいた高層建築《タワーマンション》の自宅ではない。

昨夜は明け方近くまで眠れなかった。一睡もできないだろうと思っていたが、いつのまにか眠りに落ちていたらしい。

「お目覚めでございますか」

薄布の外から声がかかった。命婦《みょうぶ》と複数の内司《ないし》が帳台の前に控えている。

広い母屋の一角に設けられた寝所を囲む襖はすでに開けられていて、足元の小部屋と簀子縁を越えた先では日が眩しく照っている。

まだ帳台の中にいる間に、洗顔用の桶が差し出された。顔を洗うのも、髪を梳《す》くのも、身の回りのことはすべて内司が手を貸す。

寝所の隅に置かれた衣紋掛けに一晩のうちに縫いあげられた真新しい十二単が掛かっていた。一番上の袿である表着《うわぎ》は固文浮文《かたもんうきもん》で吉祥文様を織りあげてあり色は白、さらに万華鏡のような花の丸紋が重ねられている。袴は藤色。表着の下には紫の濃いの淡いのを何枚も重ねてある。美しい花のような見事な十二単だ。

十二単を着せようとする内司たちに、青蘭は首を横に振った。そして枕元に畳んでおいた自分の服の上に、昨夜着ていた綾織に金糸銀糸の刺繍が施された袿を羽織る。

若い内司たちは青蘭のとった行動をどう受け止めてよいのかわからないらしく戸惑っているが、年配の命婦は半ば予想していたのであろう。かすかに溜息をつきながらも、青蘭の希望を受け入れてくれた。

「ありがとうございます」

青蘭は小さな声で礼を言った。命婦が洋服を処分しないでいてくれたことに。

「よろしいのでございます。里巫《さとみ》様にお仕えいたすのが我らの務め」

身支度が整うと寝所を出て、昨夜の畳の座に移った。

内司たちが青蘭のお出ましを、頭を下げて迎える。悌哉《ともや》と荘助《そうすけ》の姿はなかった。簀子縁に目を向けたがそこにもいない。

昨夜は暗くて外の様子がよくわからなかったが、寝殿の前は大きな池を設けた回遊式庭園だった。池までの広い平庭には真っ白い玉砂利が敷きつめてあり、水辺には美しい花が咲き誇っている。池の向こう正面の築山の彼方には楼門が見える。

朝食が運ばれてきた。膳に並んでいるのは純和風の料理で、白米の飯に主菜は焼き魚、副菜は野菜の煮浸しや胡麻和《ごまあ》えに、味噌汁と、香の物。

「…………」

青蘭の気は重かった。家の朝食は麺麭《パン》と珈琲《コーヒー》か果汁《ジュース》などの軽い仏蘭西様式《フレンチスタイル》だ。開け放された襖の向こうでは白い玉砂利や池の澄んだ水がきらきらと輝いているが、青蘭のいる建物の中心までは日差しは届かず、室内は薄暗い。それがいっそう気分を重くする。

結局、味噌汁と飯を少し口にしただけで、膳を下げてもらった。

「これから私はなにをすればいいのですか？」

青蘭はそば近くに控える命婦に訊ねた。

「我らに敬語をお使いにならずともよろしゅうございます。それに里の巫女様がなさらねばならぬことはございません」

ことごとく望まない答えに青蘭は溜息を落とした。このままじっと座っていろというのか。

「でしたら昨夜、麻帆《まほ》さんがおっしゃっていたお隣の馨《かおる》さんというかたにお会いしたいのです。手配していただけますか」

車寄せに輿が用意された。

青蘭は命婦や内司に伴われ、高床の渡廊を渡って、寝殿の隣に立つ車寄せへ向かう。寝殿の左右にある車寄せはそれぞれが一つの建物で、石板が敷きつめられた唐破風《からはふ》屋根の土間に向かって五段ほどの階《きざはし》が続く。輿は台座に置かれていて、階を下りずともよいよう毛氈《もうせん》を敷いた板が渡してある。

悌哉と荘助が待っていた。悌哉は渡り板の手前、荘助は輿を担ぐ直垂《ひたたれ》の衛士《えいし》たちとともに土間に。二人とも膝をついている。

青蘭は昨日と同じ格好だが、悌哉と荘助は昨夜より立派な直垂を身につけていた。寝所にあった十二単と同様に内司たちが一晩で縫いあげたものだ。

青蘭の到着を受けて悌哉が腰を上げた。渡り板を渡る青蘭の補助に手を差し出す。初めて日の光の下で悌哉の顔を見た。端整さは変わらない。けれど目が充血していて涙袋が少しむくんでいる。悌哉も満足に眠れていないと悟る。

悌哉はなにも言わず目を伏せた。そして青蘭の手を取って渡り板を渡る。

指先を包んだ掌と指は女性のものより硬く、温かい。なぜだろう、その武骨な強さと温かさに少し心が癒される。しかし触れていた時間はごくわずかで、青蘭は輿に乗り込む。

「よろしいですね。楠壮士《なんそうし》と犬士《けんし》のお役目は里の巫女様をお護りすること。昨夜のように離れることは許しませんよ」

命婦が二人を厳しい口調で戒める。悌哉は黙って首を縦に振った。

大勢の衛士たちが輿を担ぎ上げる。

命婦の見送りを受け、青蘭は出発した。

二

一行は輿を担ぐ衛士のほか、十人の内司が徒歩で同行し、悌哉と荘助は輿の左右を歩いている。

輿は寝殿を背にして、楼門から見て右手へ向かった。

輿が進んでいく方向の右側は庭園で、左側には白壁に瓦屋根の塀が先のほうまで続いている。悌哉や荘助の身長よりわずかに高いその塀の向こうにはいくつかの建物が見える。

眩しい陽射しが厳かに歩く人々の上に降り注ぐ。

揺れる輿に座った青蘭は身体を少し傾け、開け放った帷《とばり》の間から空を仰ぎ見た。

白い雲の彼方、青い空が揺らいでいる。まるで水面《みなも》のようだ。

昨夜見えた黄色い光はなく、空と雲しか見えない。もしや別の物が見えるのではと思った青蘭は落胆した。

「どうした？」

横を歩いている悌哉が声をかけてきた。反対側から荘助も見ている。

「いいえ……」

青蘭は首を横に振り、中央に戻った。

向かう先に白壁の塀と立派な四足門が見えてきた。そちらの塀は左の塀より高く、一直線に続いている。門には楼門と同じく槍を手にした直垂装束の衛門が立っている。

輿が門を潜った。

「伊豆国《いずのくに》の光の宮にございます」

つき従う内司が青蘭に告げる。

門の反対側にも直垂装束の衛門が立ち、下総国《しもうさのくに》の宮と同じように庭園と建物が広がっている。

車寄せで輿を降りた青蘭は出迎えの伊豆国の宮の内司のあとについて渡廊を渡り、寝殿造りの母屋へ入った。悌哉と荘助、それに下総国の宮の内司たちが同行し、輿を担いできた衛士たちは車寄せの建物内の控えの間で待つ。

案内された母屋には、下総国の宮には畳があった場所に美しい織物の敷物が敷かれ、その上には優美な意匠の木の卓と、三台の長椅子が庭に面してコの字形に置いてあった。馨と思しき人の姿はない。

「里巫様はまもなくお見えになりますので、どうぞおかけあそばしてお待ちください」

待っていた伊豆国の宮の複数の内司たちが床に膝をつき、恭しく告げる。

「ありがとうございます」

礼を言い、青蘭は庭に面した上座の長椅子に腰を下ろした。

表面に黒漆らしき光沢の塗装が施された長椅子の座面には綸子《りんず》の厚い長座布団が敷いてあり、背もたれにも敷きと共布の柔らかい褥《クッション》があって、掛け心地はいい。

悌哉にも椅子が勧められた。荘助には床に椅子と同じ布の座布団が用意されている。

その場にいるのは三人で、つき従ってきた内司たちは襖で仕切られた隣室で待つ。

慣れた椅子にほっとする青蘭に対して、斜《はす》向かいに座っている悌哉は戸惑った表情でどこか落ち着かない。

伊豆国の宮の内司たちがお茶を運んできた。茶碗には受け皿と指を通す持ち手がついている。美しい花が描かれた大振りの急須から注がれたのは香り高い紅茶だった。温めた牛乳も小さな水差に入って添えられている。

洋風のもてなしに青蘭は目を輝かせた。だが砂糖と牛乳を入れた紅茶を一口飲んだ悌哉は眉根を寄せる。

「なんだ、この茶は……」

「紅茶だけど。知らないの？」

「少し癖があるが美味《うま》いぜ」

荘助は笑顔だ。床に伸びたふわふわの尾が左右に振れている。青蘭も紅茶がこれほどに嬉しかったことはない。ただ一人、悌哉だけは微妙な表情をしている。

待つことしばし、女性が入ってきた。

「お待たせしてごめんなさい」

齢のころは二十四、五歳。全体に削《シャギー》ぎを入れて肩の上で切り揃えた黒髪に、細い鼈《べっ》甲《こう》縁の眼鏡をかけていて、受ける印象は理知的な美女だ。装束は小袖の着物に袴。十二単の長袴ではなく、足首までの丈で、青蘭のような裾を引く上着は羽織っていない。

「紀伊《きい》の宮の純子《じゅんこ》さんから連絡があって、鉄砲の改良結果を見に行っていたのよ」

女性は遅れた理由を告げて悌哉の向かいに腰を下ろした。

「改良⁉　それはどのような⁉」

悌哉が鋭い声をあげ、身を乗り出した。驚く青蘭が見やる中、悌哉は真剣な表情でまっすぐに馨を見つめている。

「悌哉」

荘助が横からたしなめた。視線を向ける悌哉に、荘助は無言で顎をしゃくって正面に座る青蘭を示す。

「あ……」

振り向いた悌哉が小さな声を洩らした。青蘭はぎこちなく微笑《わら》う。悌哉はばつが悪そうな顔をして、身体の位置をもとに戻した。

小さな騒動のおかげで、初対面の緊張感を感じていた青蘭は少し落ち着きを得た。

「初めまして。青蘭です」

会釈とともに挨拶をする青蘭に、馨は口元を緩め、首を縦に振った。

「麻帆さんから報告があったわ。初めてね、東洋人以外の血が入っている里の巫女は」

「そうなんですか」

「ええ。気に障ったらごめんなさい」

「いいえ」

はきはきとした物言いだが、挙措は女らしい。青蘭は好感を覚えた。

「大学生？」

「はい」

「どちらの、と訊いたら失礼かしら？」

「いえ」

青蘭は大学名と学部名を答える。

「まあ。では弁護士志望？　それとも政治家？」

「まだ決めてません」

微苦笑気味に答えた青蘭であったが、言ってから気づいた。その問いの結論はもう不要かもしれないことに。

視線を落とす青蘭に馨も心中を察したか、声と眼鏡の奥の眼差しが優しいものに変わる。

「いずれにせよ才色兼備を絵に描いたような人ね」

心遣いを受け取り青蘭は淡く笑った。

「馨さんのほうが上だと思いますけど」

今度は馨のほうが苦笑をこぼした。

「昔の話よ」

その言葉と表情に、この人もここへ連れてこられたのだと青蘭は悟る。

突然、連れてこられて、もう帰れない――。

改めてその状況が胸に重くのしかかる。

「あの、いろいろお訊ねしたくて……」

「ええ」馨は静かに相槌を打つ。「驚いたでしょう。彼らや内司からどのくらい聞いているのかしら」

正面の悌哉と下座に控える荘助に目を向け、馨はまた青蘭に視線を戻す。

「なにも」青蘭は首を横に振った。「私は光の宮の里の巫女で、もう帰れないということだけ」

青蘭の答えに馨は再び悌哉を見る。

「あなたはこれまでどこでなにを？」

「自分は下総の防人《さきもり》の兵衛《ひょうえ》です」

端的な馨の物言いに悌哉は少し押されたのか、掠れた声で答える。

「だったら宮のことはあまり知らないわね」

青蘭は悌哉を見た。上からの目線に悌哉は少しむっとしている。しかし言った馨は気にせず、

「まずは見てもらったほうがいいわね」

そう言うと立ち上がった。

内司を呼び、青蘭と悌哉の履物《はきもの》を持ってくるように伝えると、先に立って簀子縁に出て行く。青蘭と悌哉と荘助も腰を上げ、あとに続いた。

三

伊豆国の宮は広い回遊式庭園に面した寝殿の奥に複数の建物が配置された造りで、建物と建物はすべて屋根がある高床式の渡廊でつながっている。

馨は次々と渡廊を渡って、奥へ奥へと進んでいく。

建物は寝殿造りもあれば書院造りや数奇屋《すきや》造りのものもあり、様式は様々だが、ほとんどの建物は雨風を防ぐ板戸が開いていて、戸口には障子がはまり、簾《すだれ》がかけてある。中には簾を巻き上げた部屋もあり、置かれた家具の中に西欧伝来の物を目にした

青蘭は先を行く馨に言った。

「ミルクティー美味《おい》しかったです。こちらにも紅茶があるのですね」

「麻帆さんからのいただき物よ。下総の宮の食事は？」

「昨夜も今朝も完全な和食でした……」

「でしょうね」溜息混じりに答える青蘭に馨は軽く笑った。「先の里巫さんは六十年近くいらしたから」

「六十年……」

数字に青蘭は驚く。

「昭和三十年代よ。八人いる里巫の中で一番古かったわ。昭和からの人はまだいるけど、これで太平洋戦争を体験した世代はあと一人になった」

「そうなんですか……」

相槌を打ちはしたが、太平洋戦争など教科書の中の出来事で、青蘭の感覚的には南北戦争や戊辰戦争と変わらず、実感が湧かない。話の内容がわからない悌哉と荘助はもっと不可解そうな顔をしている。

「それに先の里巫さんは田舎の、海沿いに近い農家の出とか言っていたから。向こうにいた時も和食だけの生活で電化製品もほとんど使ったことがない。だから改革をなさらなかったのよ」馨は言葉を切ると、青蘭を振り返り、「あなた、大変よ。人は急激な変化を嫌う。先の里巫の在位が長かったから、今、下総の宮にいる内司たちは誰も里巫の交代を経験していないの」

青蘭は視線を落とした。それは本当に帰れないと宣言されたに等しい。

付き添う悌哉が気がかりそうな視線を寄せてきた。青蘭は気力を振り絞り、顔を上げる。

（諦めない）

最後の建物を抜けた。

突然、視界が開けた。目の前には白い玉砂利が敷きつめられた平庭が広がっている。

その向こうに切り立った岩壁がそそり立っていた。岩壁の下に小さな鳥居があり、そこから岩肌を削って設けた石段が葛折りに上へ向かっている。どこまで続いているのか、先は渡廊の屋根に隠れて見えない。

「里巫様、上に行かれるのですか⁉」

履物を持ってきた内司たちが不安げに訊ねる。

「問題ないわ」

馨は平然と答える。

三人は馨とともに用意された草履《ぞうり》を履いて平庭に下りた。

青蘭は驚いた。目の前にそびえる岩壁。高さ数百米《メートル》はあろうか。

「まさかこれを上るのですか⁉」

岩肌に延々と続く葛折りの石段。

悌哉も荘助も顔が引きつっている。

「心配ないわ」

馨は笑い、すたすたと鳥居に向かって歩いていく。

青蘭と悌哉と荘助は顔を見合わせた。

誰からともなく溜息が漏れた。

覚悟を決め、あとに続く。

鳥居を潜った。

急な石段が出迎える。幅は一間ほど。柵はない。

憂鬱を通り越して青蘭は不安になった。何千段あるのだろうか。しかも柵なし。落ちたら命はない。

五十段ほど上って最初の折り返しに着いた。早くも息が荒い。足が重い。

馨は先に進んでいく。青蘭たちも追って向きを変えた。その瞬間、いきなり景色が変わった。

青蘭は岩山の頂上まであと数段のところにいた。

驚く三人に馨は肩を揺らして、くすくすと笑っている。

「だから心配ないと言ったでしょう」

呆気に取られた青蘭と悌哉と荘助は返す言葉もない。

上りきった先は二十畳ほどの平地になっていた。周囲にはなにもない。伊豆国の宮は半島の先端にあるらしく、眼下には青い海と緑の山々が連なる絶景が広がっている。

風が強い。頭上には水面のように揺らめく空が三百六十度果てなく広がる。

その中に光の珠が浮かんでいた。頂上の中心部の真上。直径は青蘭の背丈の数倍で、地面から珠までの高さも同じくらい。

「わかった？」驚き見上げる三人に馨は言う。「これが、ここが光の宮と呼ばれる理由。御神体よ」

「これが……」

悌哉と荘助が茫然と呟いた。

「伏姫様の八光珠《はっこうじゅ》……」

四

山を下りた青蘭たちは小ぶりの建物に案内された。

「散らかっていてごめんなさい」

馨の書斎らしいそこは書棚が壁を埋めつくし、たくさんの書物や巻物が雑然と積み上がっている。さながら大学教授の研究室のようだ。量に驚く青蘭の隣で悌哉と荘助も圧倒されている。

二十年前に連れてこられた馨は古文書や宮に残る書物を片端から集めたという。

「どうぞ、座って」

理系の美女は青蘭と悌哉に椅子を勧める。荘助には頑丈そうな木製の長持が差し出された。獣の四肢を折ってそこに座った荘助を入れて三人は正方形の卓を囲む。

馨は表具をした巻物を持ってきて卓上に広げた。

「まずこちらの世界の形ね」

大小四つの島が輪になった陸が描かれていた。

「これ……」

一目見て青蘭は気づいた。輪になった陸地は日本列島だ。日本海側を内側にして、福岡から佐賀にかけての玄界灘の隣に北海道のオホーツク海側が寄り添う。湾曲により海岸線の地形が青蘭が知るものとは変わっていて、九州の傾きや四国の位置が西にずれているが間違いない。日本列島だ。四島の周囲には南西諸島や伊豆諸島、小笠原諸島、北方領土などの小さな島が輪に沿って並び、内側には佐渡島や隠岐《おき》諸島、対馬《つしま》もある。

「そう、日本よ」馨は頷く。「私たちが日本列島と呼んでいた場所は、こちらでは日《ひの》本《もと》と呼ばれているわ」

日本《ひのもと》の外側の海は外海《そとのうみ》、内側は日本海。その中心に小さな島がある。

「これがすべて。外海の向こうがどうなっているかわからない。でも残されている歴史書に仏教伝来や遣隋使《けんずいし》や元寇《げんこう》、南蛮人の渡来の記述はない」

「ということは」

「ええ。おそらくはここに記されているものがこの世界のすべて」

「………」

青蘭は無意識に指を握りしめ絵地図を見やった。

馨の説明は続く。

「人々の暮らしは江戸時代以前の水準ね。鉄道、自動車、電化製品、つまり産業革命以降の発明品は、こちらにはない」

青蘭も昨夜少し目にした。

瓦屋根の日本家屋が連なっていた町。内司や衛士も含めて映画や時代劇に出てくるような格好の人々。

「政治的支配については、天皇と室町幕府のない戦国時代といえば想像がつくかしら。日本《ひのもと》にはたくさんの国があり、統治者は国主《くにのかみ》と呼ばれる。国と国の境界線は江戸時代の藩や現代の県に類似しているわ。もっとも日本列島の形自体が、私たちが知るものより湾曲しているので、地形や距離には変化が生じているけど」

「麻帆さんが、巫女は常時八人いると」

「そう。一つの宮に一人の里の巫女。宮は八つあり、その場所はここ」

馨は一か所ずつ指で示した。鹿児島の佐多岬《さたみさき》、高知の足摺岬《あしずりみさき》、和歌山の潮岬《しおのみさき》、静岡の石廊崎《いろうざき》、千葉の犬吠埼《いぬぼうさき》、宮城の牡鹿《おしか》半島先端、青森の尻屋崎《しりやざき》、そして北海道の納沙《のさっ》布岬《ぶみさき》。

「今、私たちがいる伊豆の宮は伊豆半島先端の石廊崎に、あなたの下総の宮は千葉県の犬吠埼にあるの」

「え？」青蘭は驚いた。「でも私さっき門を通って」

馨は笑った。

「驚くでしょう。日本《ひのもと》の大きさはどうやら日本列島と同じで、宮と宮の距離は直線で数百粁《キロメートル》離れているはずだけど、隣り合う宮同士が門で繋がっているの。そうね、八つの丸い玉を輪にした腕輪《ブレスレット》を想像したらいいわ。各宮にはそれぞれ東西に一つずつ門があって、麻帆さんの陸前《りくぜん》とあなたの下総、下総とここ伊豆、伊豆と紀伊と、隣り合う宮同士を行き来することができる」

青蘭は呆気に取られた。悌哉と荘助も顔を見合わせている。そんな三人に馨は悪戯《いたずら》っぽく笑い、

「でも繋がっているのは門だけだから気をつけて。こっそりお隣へ行こうとして塀を乗り越えたら、崖の下へ真っ逆さまよ」

青蘭は茫然と頷く。

馨はくすくすと肩を揺らしたあと真面目な顔つきに戻り、

「このように日本列島の八か所に光の宮が置かれている理由は天地開闢《かいびゃく》の神話にまで

遡る。詳細は省くけど、日本列島を作った天祖神には伏姫と八房《やつふさ》という姉弟の子供がいた」

「伏姫……」

　その名前は昨夜も聞いた。

「ええ。伏姫は両親の天祖神に代わって、できたばかりの日本《ひのもと》を手厚く保護し、人々を慈しんだ。一方、乱暴な弟、八房は美しい姉、伏姫に恋をする。伏姫は相手にしなかったけど、弟が実力行使に出たので、岩屋に逃げ込み、入口を大岩で閉ざした。すると作物は枯れ、人々は飢饉に苦しんだ。でも八房は姉伏姫を諦めようとしなかった。力にものを言わせて大岩を砕き、とうとう伏姫を引きずり出す。数か月ぶりに出てきた伏姫はすっかり変わり果てた日本《ひのもと》の有様を見て、自分が閉じこもったせいだと心を痛めた。さらに何か月も八房の邪《よこしま》な気を浴びたせいで胎内に種子を宿してしまう。このことは両親である天祖神に知られることとなり、姉弟は近親相姦を疑われる。それを恥じた伏姫は両親の前で割腹自殺し、胎内に八房の子がないことを証してみせた」

「…………!?」

　壮絶な伏姫の最期に青蘭は息を呑んだ。

「ひどい男よね、八房って」馨も顔をしかめ、話を続ける。「その時、伏姫の傷口から八つの光る珠が出て、八方向へ飛んでいった。珠には、伏姫が弟と交わっていないことを示す、孝・義・忠・信・悌・仁・智・礼の文字が一文字ずつ刻まれていた。これが八光。伏姫は己の命と引き換えに、身の潔白を証明し人々に光を与えた。一方、恋しい姉を失った八房は鬼となり、大地を荒らし、人々を襲った。天祖神は八房を地底に封じ込めた。こうして地上には再び平和が戻り、人々は伏姫の腹から出た八つの光に護られ、この世界は今に至っている」

悌哉と荘助が首を縦に振る。

「その伏姫の胎内から生まれた光と私たちとどう関係するのですか？」

青蘭の質問に馨は肩をすくめた。

「それがわからないのよね」

「そんな」

「まあこれは推測なんだけど」馨は悌哉に目を向ける。「楠壮士はこちらの生まれの青年がなり、その名前に必ず孝・義・忠・信・悌・仁・智・礼が入っている。あなたは悌の字よね？」

「悌哉です」

悌哉は静かに答える。馨は頷き、青蘭に視線を戻した。

「そしてあなたの名字は犬田《いぬた》さんね」

青蘭は驚いた。馨に名字は名乗っていない。まして犬田は――。

「それは母の旧姓です」

馨は動じることなく首を縦に振る。

「どうしてわかったか？　からくりを明かすとね、先の下総の里巫が犬田さんだったからよ。そしてこれは国民全員に名字が義務づけられた明治以降にこちらへきた里の巫女のみの調べだけど、巫女は全員、本人もしくは直系の先祖の姓に必ず犬の字が入っている。あなたの犬田のほか、犬塚《いぬづか》、犬川《いぬかわ》、犬山《いぬやま》、犬江《いぬえ》、犬坂《いぬさか》、犬村《いぬむら》、犬飼《いぬかい》。私の名字は犬飼よ」

「でも母方の親戚に行方不明になった女性がいたなんて話は聞いていません」

「親戚とはかぎらない。もしかしたら遠い昔に分かれたのかもしれないけれど。平安の昔から公家や武家の転勤は常だから」

「つまり私たちはその姓の家の一族だから連れてこられたということですか？」

「真意は違うのかもしれないけれど、結果的にはそれで間違いないわ」

「そんなっ……」

母親の旧姓が犬田だったから連れてこられた？

青蘭は唇を噛みしめ、声を絞り出す。

「犬田という人はほかにもいたはず。どうして私が選ばれたのですか？」

馨は首を横に振った。

「わからない。十代後半から二十代半ばの女性という共通点はあるのだけど、根本の理由はなにも」

話を聞いている悌哉と荘助が眉間に皺を刻んでいる。苦々しい心が伝わってくる。二人も理不尽だと感じているのだ。青蘭は感情を爆発させた。

「じゃあ里の巫女ってなんなのですか⁉　どうして犬の字がつく女性が連れてこられなきゃいけないんです⁉」

「わからない」馨は溜息混じりに繰り返す。「でもさっきも言ったとおり、これは推測なんだけど、犬の字がついていたからではなく、その立場を継ぐ者の名字に犬がつけられていると考えたほうがいいのかもしれないわ」

「え？」

「大本となった伏姫よ」馨は答える。「伏は人偏に犬と書く。あの神話には続きがあってね、光を放ったのち、息絶えた伏姫の亡骸は天へと昇り、海に入って消えた」

「海……」

「あなたも見たでしょう。こちらの世界は空に海がある。そして私たちは水を越えてやってきた。違う？」

「いえ、そのとおりです……」

青蘭は茫然と答える。

「里の巫女は全員そう」そう言った馨は荘助に目を向ける。「水面に向かえと指示されたでしょ？」

「はい」

荘助は頷く。

「伏姫の死後、しばらくの間、その身体より出でた八つの光は弱く、不作は続いた。しかしある時、天から八人の巫女が降りてくると光は輝きを増し、作物はよく育った。つまりね、これは本当にもしかしたらだけど、私たちは伏姫の亡骸と関わりがある者の末裔かもしれない。もっと言ってしまえば伏姫そのものの」

青蘭は目を見張る。悌哉と荘助も驚いている。馨は微苦笑を浮かべた。

「ま、今のは本当に私の憶測よ」

「伏姫の末裔だから私たちは光の宮の里の巫女……？」

「そう考えたら色々説明がつくのよね」

「でも麻帆さんが、私たちは死なないわけじゃないけど、齢を取らないまま生きられるって。齢を取らないのなら、巫女が交代する必要はないのではないですか？」

「齢を取らないのではなく、連れてこられた時で外見が止まるの」

「同じことでは？　老化現象が起きないのなら生命活動は永久に維持されるはず」

「それが少し違うの。外見は老けなくても、命は有限で、砂時計のように減っていく。

そして確定はできないけど、どうやらもともとの寿命がつきると死ぬ。まあ総じて長命ではあるみたいだけど。しょっちゅう里の巫女が代わったら世の中が大変だから」

「どうしてですか？」

「言ったでしょう、巫女が天から降臨すると光珠は輝きを増したと。逆に里の巫女が死ぬと、その光珠は輝きが減る。つまり伏姫の加護が減るということよ。すると天候が不順になり冷害や旱魃《かんばつ》が発生する。今回はたまたま彼が防人で、すぐにあなたを迎えに行ったから被害はないけど、過去には宮から遠く離れた地にいて何か月も里巫が不在の状態が続き、長雨と冷夏で農作物が壊滅的被害を受けたこともあった」

「だったらどうして齢をとらないなんて無駄なことを」

「結界を越えることで細胞になんらかの物理的作用が生じた――というほうが科学的だけど」馨は皮肉っぽい表情になり肩をすくめた。「せめてもの詫びじゃない？」

「詫び？」

「そう。時代と洋の東西を超えて若さは女の永遠の願い。クレオパトラも、西太后もしかり。平安時代の随筆集にだって書かれているわ。拉致の詫びとしてなら、けっこういい線ついたと思うわよ。有限ではあるけれど、老けない肉体を与える」

「そんなもの」

青蘭は眉をひそめた。老けない外観など欲しくはない。それより帰してほしい。

「そうね」静かに同意した馨は悌哉と荘助に視線を向ける。「彼らもね」

「え？」

青蘭は馨を追って二人に目を向けた。

「楠壮士の楠には魔よけの意味がある。防虫剤の樟脳は楠が原料よ。そして犬は忠実な僕《しもべ》。伏姫は八頭の犬を飼っていたそうよ。犬士はその末裔という話もある。伏姫の両親の天祖神が八房の邪な想いで死んだ伏姫を憐れみ、その胎内から出た光を司る巫女を護るためにつけたとも。二人は里の巫女の警護役として、これから一生をあなたと共にする」

青蘭は目を見開いた。

正面に座っている悌哉がちらっと目を上げて青蘭を見た。

精悍さと甘さが絶妙に同居する端整な顔立ち――胸がどきりと高鳴った。青蘭は慌てて顔を逸らす。

馨は薄く笑っている。

「楠壮士と犬士も齢を取らない」

「え⁉」

驚いたのは悌哉と荘助だった。

「知らなかった？　まあ楠壮士と犬士は選ばれると宮に上がるから、下界の人間や人獣が知らないのは無理ないけど」

悌哉と荘助は茫然と顔を見合わせている。

「もう一つ」馨は悪戯っぽい笑みを浮かべ、「楠壮士と里の巫女にかぎっては互いの好みの特性が選ばれる。つまり恋に落ちやすい相手」

「ええ⁉」

今度は青蘭と悌哉が揃って叫んだ。そして思わず互いの顔を見、二人揃って慌てて逸らす。

馨はくすくす笑っている。

「長い年月を共に過ごすことになるのですもの。若さと併せて謝罪の気持ち、かしら。もっともすべての組があてはまるわけではないけど」

「当然だ！」

突然、悌哉が叫んだ。言下に否定されて青蘭は衝撃を受けた。そばの荘助はにやにやとしている。

青蘭は急いで話題の転換をはかった。

「帰る方法はないって」

一番訊きたいことを口にする。

「ええ」馨は目を伏せた。「私も色々調べたけどわからなかった」

「理不尽です！」青蘭は叫んだ。「人の命や人生をなんだと思っているんですか⁉」

声がきつくなる。それを聞いた悌哉の眉が少し上がった。

青蘭は唇を噛みしめる。

「そうね。理不尽な話ね」

青蘭と同じ被害者である馨は怒りを静かに受け止める。

青蘭は両の拳を握りしめた。

帰れない。死ぬまでここで、総じて長命だと言われたこの先の人生をこの世界で送らなければならない。

荘助が気の毒そうな表情をしている。その隣で悌哉は目を伏せる。

「倭《やまと》の天《あま》の宮にいる日の巫女に会ってみたら？」

「え？」穏やかにかけられた言葉に青蘭は顔を上げる。「日の巫女？」

言った馨は頷く。

「天の宮にいるとされている天光を司る天女よ。天光とは太陽のこと。この世界にはおそらく恒星がないと推測できるのだけど、人々が天光と呼ぶ光が朝、地平線から昇り、空を横断して、夕方には反対の地平線に沈む。その天光を司っているのが、ここ」

手入れの行き届いた指先が日本海の中心にある島を指差した。

「倭。ここがこの世界の、信仰を含めたすべての要」

「倭……」

「会えるものなのですか、日の巫女様に」

脇から悌哉が訊ねた。彼と荘助は驚いている。

「おそらくは」答えた馨は話を先に進める。「最近、古文書を調べていて発見したんだけど、どうやら五百五十年ほど前に日の巫女に会いに行った里の巫女がいたらしいの。相当勇気があって意志が強い女性だったんでしょうね」

「倭、へ？」

青蘭は絵地図に目を向けた。日本海の中心にある島。

「天の宮は光の宮のように繋がってはいないのだけど、行けないわけじゃない。日本海側の港町から船が出ているわ。あなたたち人と犬の姿を持つ者は倭の生まれよね」

「はい」

馨に視線を向けられた荘助は頷く。

(倭……)

青蘭は我知らず胸元へ手をやった。

犬吠埼から関東平野と上越を横断して日本海側まで。さらにそこから船に乗らなければならない。どのくらいの日数がかかるのだろう。その旅の間は元の世界に帰れないことになる。もっとも下総の宮にいても帰れないのだが――。

逡巡している青蘭を見て、

「ええ。日の巫女に会ったからといって、帰れるという保証はない。実際、その里の巫女は日の巫女に会ったそうだけど、この世界で天寿をまっとうしていたわ」

「……その倭の天女様が私たちを選んだんですか？」

「わからない。それについては書かれていなかった」

「二人と会った時、女の人の声を聞きました」

「楠壮士と犬士が聞くという声ね。私は聞かなかったけど、聞いたという里の巫女もいるわ」

「あの声はその日の巫女というかたの声だったのでしょうか？」

馨は首を横に振った。

「ごめんなさい。それらの件に関してはまだなにもわかっていないの。なにしろ日の巫女に会ったという人間がこの世界にはいないから。発見した古文書も晩年の里の巫女に仕えていた内司の日記で、巫女から聞いた話として記されていただけで、倭でのことはなにも。そもそも天の宮自体が実在するのかどうかもわからない神話だもの」

だったらなにをしに倭へと青蘭は思う。

理知的な美人はふっと口元を緩めた。

「あなたは泣かないのね」

「え？」

「大抵の人はもう元の世界に帰れないと言われたら、嘆き悲しんで、感情の沼にはまっていく。でもあなたは私の話に冷静に対処し、現状を知ろうとしている」

たしかにと青蘭は思った。戸惑いや不安はとてつもなく大きいが涙は出ない。今は帰る方法を知ることがより重要なのだから。

馨は微笑んだ。

「私もそうなの。帰る方法を見つけたくて、古文書を集めまくり、読み込んだ。残念ながら方法はまだ見つけられていないけど」

青蘭は同じ境遇に置かれた美しく理知的な先人を見つめる。馨も青蘭を見つめ、

「あなたは法学部なんでしょ。だったらあなたはあなたの得意な分野で、日の巫女に直接異議申し立てをしてみたらどう？　大昔の里の巫女がどんな話をしたのかわからないけれど、あなたほど聡明じゃなかったかもしれない。異議申し立てをして論破できれば帰れるかもしれない」

青蘭は目を見開いた。

正面に座る悌哉がじっと青蘭を見つめている。その視線を感じながら青蘭は卓上に広げられた絵地図に目を向けた。

（倭……）

五

下総国の宮に戻ると昼食が用意されていた。

膳に並んだのはまた和食だった。主菜は魚の煮つけ。三度目の食事となるが、主菜はいずれも魚で、刺身ではなく、必ず火が入っている。副菜はやはりこれも青菜の煮浸しや酢の物など和の味つけが並ぶ。

(伊豆国の宮では椅子があって紅茶が出たのだけれど……)

畳の上に座った青蘭は溜息を落とした。

これまでとまったく違う食事、まったく違う生活様式。こんな生活が何十年も続くのか。気が重い。

「お口に合いませんか?」

動かない箸を見て、前に控える命婦が訊ねてきた。

「いえ……」

昨夜も今朝もろくに食べていない。お腹は空いている。

命婦と内司たちが見守る中、青蘭は赤い魚の煮つけを少し口に入れた。生姜と調味料が利いてはいたが、魚特有の生臭さが口の中に広がる。急いで味噌汁を飲んだ。

命婦が溜息に似た息を吐く音が聞こえた。

「陸前の宮のようなお食事のほうがよろしゅうございますか」

「え？」

「あちらの宮では新しい里巫様のご意向で日々のお料理がたいそう変わられたそうです。里巫様自ら厨《くりや》にお入りになり、お手本をお示しとか」

青蘭は昨夜会った麻帆を思い返した。茶色の長い髪を緩く巻き、袿の下には洋風の仕立てを着た人形のような美人だったが。

「こちらの宮にも幾度かお持ちくださったのですが、あいにく私どもの口には合わず」

命婦はそう言ったが、後ろに控える若い内司たちがそっと顔を見合わせる。年配の命婦の口には合わなかったが、どうやら若い内司たちには好評だったらしい。

（どこの世界にもあるのね、世代間の差異は）

青蘭は胸の中で独りごちた。

「里巫様がお望みでしたら、厨の者を陸前の宮にやり、学ばせます」

「ありがとうございます」

青蘭は意外に思いながら礼を言った。命婦は青蘭の母親より年上で、見た目は厳格そうな女性だが、服装の件でも柔軟な対応をしてくれる。

「お礼のお言葉などもったいのうございます」命婦は床に両手をつき、深く頭を下げる。「里巫様にご不自由なくお暮らしいただくことが我らの務めにございます」

青蘭は淡く笑った。

頭を上げた命婦は背後に控える内司に声をかける。

「お膳をお下げいたせ」

複数の内司たちが立ち上がり、青蘭の前へ進み出た。命婦は青蘭に顔を戻し、

「お口に合いそうなものを大至急用意させますゆえ、しばしのお待ちを願います」

「すみません」

青蘭は頭を下げる。

命婦は膳を下げていく内司たちになにか指示を出す。

控える内司が減った。

「そういえば昨夜の下の町の人たちはどうなりましたか？」

青蘭は残っている命婦に訊ねた。

「みな家に戻りました。鬼は夜しか出ないので」

「そう」

青蘭は母屋の外へ目を向けた。簀子縁に悌哉と荘助が片膝をついて控えている。

こちらを見ている悌哉と目が合った。だが悌哉はふいっと庭のほうへ顔を逸らした。

口元に力が入る。そのまま怒っているような顔で庭の池を睨んでいる。

（なぜ……？）

青蘭は羽織っている袿の襟を握った。

怒らせるようなことをなにかしただろうか。

考えてみたが思いつかない。もともと口数の多い性格ではないようだが。

いきなり見知らぬ世界に連れてこられて、一生帰れないと言われ、沈む心の中で、悌哉の存在は少し慰めだ。自分が面食いだと思ったことはなかったが、初めて見た瞬間にその容姿に惹き込まれた。

緩やかな曲線を描いた双眸、細い鼻筋、すっきりとした顎の線、対照的に眉はきりっとしている。男性的な荒々しい精悍さと女性的な繊細な甘さが絶妙の配分《バランス》で混じった完璧な美。伊豆国の宮で間近に臨み、肌がとても綺麗なことも知った。顔や首筋や手などの見える部分は日に焼けてはいるが、もとは色白らしく、肌理《きめ》も細かい。西洋人の血が入っている青蘭も色白で肌理《きめ》が細かいが、近いものがある。にきび痕も皆無だ。それでいて腕や身体は硬い。細いが上半身には筋肉がついている。

（一生を共にするのならもう少し愛想よくしてもいいじゃない）

青蘭は溜息を落とした。

気分転換に立ち上がった。代わりの食事が出てくるまで、することもない。

悌哉のいる簀子縁に出る。命婦と残っている内司たちが後ろにつき従っている。

悌哉は青蘭がそばへ来ると顔を伏せた。その反応に内心動揺しながら、青蘭は前を通りすぎ、簀子縁の端まで出て、庭を眺める。

白い玉砂利の敷きつめられた平庭。その奥には大きな池が広がり、水辺には色とりどりの花が咲いている。池の向こうには築山があり、水面に木々の緑が映っている。

(綺麗な景色ではあるけれど……)

ここでこれから一生を送るのか――心が沈む。

青蘭は振り返って背後に控える命婦に声をかけた。

「少しこの宮の中を見てもいいですか？」

「ご随意に。この宮の主は里巫様にございます」

命婦は畏まって答える。

視界の端に映っている悌哉が跪いたまま、ちら、と青蘭を見上げた。青蘭はなにも言わず踵《きびす》を返した。

命婦以下、内司たちが後ろに続く。悌哉と荘助も腰を上げた。

伊豆国の宮と同じく、ここ下総国の宮も庭園の反対側には大小たくさんの建物があり、屋根のある高床の渡廊で繋がっていた。命婦の説明によると、それらは書庫、能楽堂、雪見や花見を楽しむための東屋《あずまや》から、楠壮士と犬士のそれぞれの宿殿《やしき》、三十六人いる内司たちの居室がある寮、蔵官《くろうど》という宮の事務をとりしきる二十人ほどの男たちの寮と七十二人いる衛士たちの寮、蔵官たちの執務所、衛士の詰め所である陣、それから男女それぞれ百人以上いる雑役たちの住まいで、たくさんの蔵もある。

「今いらっしゃる御殿は、過去は里巫様のお住まいとして使われておりましたが、内壁がなく冬は寒いゆえに、近代の里巫様はみな、別の御殿をお使いです。里巫様もそのほうがよろしければお移りいただいてよろしゅうございます」

その言葉は青蘭には、命婦は青蘭がこれから一生をここで暮らすと疑いなく思っていると聞こえた。

「ありがとうございます」

複雑な想いは心の奥に封じて礼を言い、青蘭は奥へ奥へと進んで行った。

桧皮葺《ひわだぶき》の屋根の寝殿と瓦屋根の書院造りや数奇屋造り、様式の異なる建物が混在しているのも伊豆国の宮と同じだ。手入れの行き届いた美しい日本庭園や八橋のかかる小川、菜園や果樹園などもある。

伊豆国の宮でも感じたが、敷地はとても大きい。寝殿前の玉砂利の平庭と回遊式庭園だけでも青蘭の知っている場所では旧芝離宮恩賜庭園くらいある。後ろは高層建築《タワーマンション》の目の前にあった浜離宮恩賜庭園ほどだろうか。もしかしたらそれより広いかもしれない。

瓦屋根の彼方に切り立った岩肌が見えてきた。青蘭はそこを目指して迷路のような渡廊を進む。

やがて純白の玉砂利が敷きつめられた平庭に出た。正面の岩壁の下に小さな鳥居がある。ここだけは神聖な気が漂っている。

高欄を巡らせた簀子縁に立ち、青蘭は岩壁と鳥居を見つめた。

垂直に近い岩の壁。そこを削り、上へと向かって延びる石段。前に長く突き出た廂《ひさし》が視界をさえぎり、岩山の全体像は見えない。

脳裏に伊豆国の宮で見た光の珠が浮かんだ。

(この上にあの光が……)

隣に人の気配を感じた。

顔を向けた青蘭は驚いた。悌哉がそばに立っている。

視線が動いた。澄んだ大きな瞳が青蘭を横目に見る。一瞬、樟脳の香りが鼻孔を掠めた気がした。

先ほど怒ったような険しい表情をしていたのに、今度は青蘭が見つめても悌哉は目を逸らさない。表情は静かだ。

若者は青蘭にだけ聞こえる小声で言った。

「上に行ってみるか？」

青蘭は首を横に振った。

「なぜ？」

「行ってもなにも変わらない」

そう、帰れるわけではない。

端整な貌《かお》が痛みを感じたように少し歪んだ。

青蘭は視線を鳥居に戻した。

「……そうか」

悌哉は小さな声で呟いた。そして腰を落とし、その場に膝をつく。それきり話しかけてはこない。

荘助や命婦、内司たちも背後に控えている。

一人になり、孤独と現実の重さが改めて押し寄せる。

帰れない――。

青蘭は唇を噛みしめ、踵を返した。

来た道を足早に帰る。悌哉と荘助、命婦、複数の内司たちが追ってくる。

（私は里の巫女。この宮の主）

たくさんの館。青蘭と一生を共にする悌哉と荘助。仕える大勢の内司や蔵官や衛士たち。なにもしなくていい。齢を取らない。死ぬまで今の姿で生きられる。

（そんなものっ……）

怒りがこみ上げてきた。

奥まった所にひっそりと建つ建物が目に入った。小さな建物だ。屋根の形が少し変わっている。板戸がすべて閉められていて、きた時は気づかなかったが、簀子縁に十人ほどの内司が座っている。

青蘭は足を止めた。

そこの内司は全員、上下白の巫女姿だった。先頭にいる内司は命婦より年上だ。それもかなり上。七十を過ぎているだろうか。後方の内司の中には泣いている者もいる。

「あれは……？」

「……里巫様がお気になさるものではございません」

命婦が控えめに答えた。

「でも……」

後ろにつき従う内司たちからなにやら微妙な空気が漂ってくる。

立ち止まったままの青蘭に、命婦は重い口を開いた。

「……殯《もがり》の宮にございます」

殯――死者の遺体を本葬までの間、安置する場所を言う。青蘭はなにかでその言葉を見聞きした記憶があった。

（ではそこにいるのは……）

先の下総国の里の巫女か。

遠目に望む殯の宮の簀子縁に並んだ内司たちは中年という年齢域の者が多い。悲しんでいる様子が伝わってくる。

青蘭は気づいた。先の里の巫女は六十年近くここにいたと馨が言っていた。ならばその死は、内司たちにとっては仕える主を失うと同時に長く共に暮らした者との別れでもある。先頭に座っている老いた内司の伏せられた顔は厳しい。内司たちの中でもっとも長く、里の巫女のもっともそば近くに仕えていたのであろうか。老いて死に別れる胸中はいかほどだろう。

青蘭は振り返って命婦を見た。彼女の表情も沈んでいる。齢若い内司たちも。突然連れてこられた青蘭も馴染めないが、命婦も内司も本当は内心乱れながら新しい里の巫女に仕えているのかもしれない。そして悌哉と荘助も。

殯の宮を見やっている二人も憂いを帯びた表情をしていた。悌哉は兄を亡くしたばかり。荘助だって防人の仲間を亡くしたことだろう。

ここにいる誰もが馴染んだ人と永久に別れた。でもその悲しみは青蘭が感じているものとは少し違う。青蘭の哀しみは消す術《すべ》がある。

決心した。

青蘭は命婦に声をかけた。

「しばらく出かけてきます」

「どちらへ？」

「倭へ」

「倭⁉」

命婦と内司たちは度肝を抜かれた。悌哉と荘助も驚いている。

「まこと倭でございますか⁉」命婦は真顔で叫ぶ。「二日や三日で行けるような距離ではございません！」

「わかっています」青蘭は微苦笑を浮かべた。「でも、ここにいても特にすることはないのだったら」

心を決め、青蘭は命じた。

「仕度をお願いします」

六

その夜。青蘭は一人、簀子縁で空を眺めていた。

水面のように揺らめく漆黒の夜空に黄色い光が瞬いている。あれは青蘭がいた場所の光なのか。

（パパ……、ママ……）

青蘭は片手を伸ばした。

触れられそう。しかし届かない。

（私はここにいるわ）

心が苦しい。

その時、寝殿のそばにある衛士の陣のほうで鋭い声と硬い物を打つ音が響いた。

驚いた青蘭は思わず手を引っ込めた。母屋の中にいた命婦や内司も急いで出てくる。

すでに夕飯も就寝の仕度も終えていたので、悌哉と荘助は自室に退《さ》がっている。

「なにごとです！　見てまいれ！」

命婦が高欄の下にいる夜警の衛士に命じる。

走っていった衛士はすぐに戻ってきて、階の下に跪いた。

「楠壮士殿と犬士殿が木刀を握って打ち合っておられます」

「なんですと！」

命婦の目がきりりと吊り上がった。

音は続いている。青蘭は簀子縁を回り、渡廊を渡って見に行った。命婦たちもやってくる。

複数の篝火が焚かれた陣前の庭に非番らしい衛士たちの人垣ができていた。蔵官や雑役夫もいる。

「いいぞおっ！」

「そこだ、打て！」

野太い歓声や声援に交じって人垣の中でかんかんと硬い音がする。

青蘭は庭に下りて、熱狂している男たちの中に身体を割り込ませた。命婦も続く。

大勢の見物人が取り囲む中、衛士の報告どおり、悌哉と人獣姿の荘助が木刀を交えていた。

「でえやああっ！」

直垂の上衣を脱ぎ小袖に袴の悌哉が鋭い剣さばきで荘助に打ち込む。荘助は獣の下半身の俊敏性と跳躍力を活かして跳び退《すさ》った。間髪を容れず悌哉が返し刀で迫る。荘助が片手だけで受け止める。

木刀と木刀が硬い音で鳴り響く。

「やあっ！」

今度は荘助が踏み込んだ。悌哉は紙一重の間でかわす。

青蘭は目を見張った。剣術についてはなに一つ知らないが、素人目にもわかる。どちらもすごい腕前だ。なによりの気迫。迫力ある戦いに見物人たちも大いに盛りあがっている。

「やめよ！」

鋭い声が響き渡った。

「里巫様の御前なるぞ！」

命婦の一喝に歓声がぴたりと止んだ。悌哉と荘助の動きも止まる。

命婦はつかつかと輪の中に進み出た。衛士と蔵官と雑役夫たちは慌ててその場に跪く。

命婦は畏まっている周囲の男たちには目もくれない。向かう先には悌哉と荘助の姿がある。

「なにごとですか！」

厳しい声と眼差しが向けられる。衛士や蔵官たち同様に命婦の言葉で青蘭がいたことを知ったらしい荘助がまずいという表情をした。

「いや、ここは平和なので身体も剣の腕もなまりそうで」

「里巫様をお護りするお二人が傷を負ったらなんとなされる！　お役目を考えぬ剣の立合い稽古など言語道断！」

荘助の言い訳めいた口調の説明を、命婦は一刀のもとに断って捨てる。

荘助は神妙な顔で聞いているが、悌哉は憮然としている。

「そのくらいにしてあげてください」

青蘭は背後から声をかけた。

「里巫様」

振り返った命婦に青蘭は微苦笑を浮かべる。

「お二人もわかっていると思いますから」

青蘭の言葉に命婦は恭しく膝を折った。

荘助と見物人にほっとした空気が流れる。悌哉は無言で青蘭に視線を向けてきた。

青蘭もその端整な顔を見返す。

まっすぐな瞳。今夜は視線を逸らさない。

怒っていると青蘭は感じた。なにに対してかわからない。だが悌哉は今、静かに苛立っている。そんな風に感じる。

青蘭は悌哉と荘助二人だけを伴い、楼門へ行った。


四人の衛門が護る巨大な楼門は昨夜と同じく赤々と燃え盛る篝火が闇に揺らめき、開いている門扉の向こうには石段が続く。

三人は楼門内の狭く急な階段で楼上に上り、回り縁に出た。

眼下には葛折りの石段を照らす石灯籠の黄色い火影が夢幻のように続いている。

「静かね」

青蘭は呟いた。高い木立にさえぎられて下の町は見えない。悲鳴も鉄砲らしき破裂音も今夜は聞こえない。

「昨日、この楼門をくぐった瞬間に下の音が消えた」

悌哉が石段を見つめながら答える。青蘭は顔を向けた。

「なんらかの結界が施されているということですか？」

「おそらく」

「そう……」

鳥居と楼門、二つの結界に護られて。

「ここは平和ね」

どこまでも続く黄色い火影を見つめながら青蘭は呟く。

答えはない。

「下は、今夜は無事なのかしら」

「昨夜、たらふく喰った。あれだけ喰えば十日や十五日はこないはずだ」

悌哉は抑揚のない低い声で答えた。荘助も頷く。

「そう……」

青蘭は先ほど悌哉が不機嫌そうだった理由を察した。

下の町を護る防人の兵衛だった悌哉と荘助。平静ではいられないのだろう。

昨夜ここに着いた時、青蘭の護衛を荘助に任せて悌哉は楼門を飛び出していった。

あれは兄や仲間を心配しての行動だったのだろう。しかし彼がいない間に兄は亡くなり、その遺体は――。

青蘭は悌哉の顔を横からそっと盗み見た。

(会えたの？)

荘助はその件について詳しいことは答えなかった。会えたのか。会えなかったのか。遺体はどうなったのか。

(どちらにせよ、お葬式に出られてない……)

悌哉は町へと続く石段を見続けている。静かだがその奥底にはやはり憤りが潜んでいる。

青蘭は視線を落とした。楠壮士と里の巫女は互いに恋に落ちやすいと馨は言った。

だが悌哉の心は青蘭より家族や親しんだ仲間のほうにある。

(当然だけど……)

まだ出会ってたった一日。それでもその端整な顔を見ている時は、見知らぬ世界に連れてこられたことや帰れないという状況が頭から消える気がする。悲しみや不安や戸惑いといった負の感情が和らぎ、代わって胸の奥が甘くざわめく。

一目惚れとはこういうことを言うのか。

(こんな時に)

青蘭はひっそりと苦笑をこぼした。

視線を感じた。

悌哉がじっとこちらを見ている。瞳の奥の怒りは消えている。

「な、なに?」

男に顔を凝視されることなど慣れているのに、青蘭は戸惑った。

「本当に行くのか?」

悌哉は真摯な声で訊いてきた。その向こうにいる荘助も視線を向けてくる。

「ええ」

青蘭は首を縦に振った。

「簡単な旅ではない」

「わかっている」

答えを重ね、青蘭は視線を夜空へ向ける。

車も電車もないこの世界で、千葉県の犬吠埼から日本海側の新潟まで。さらにそこから海を渡って。それがどんな旅か、覚悟はしている。それでも――。

（パパ……、ママ……）

漆黒の夜空を横切る黄色い光の川。

悌哉が溜息をついた。

青蘭は顔を向けた。

「あなたはいいです」

端整な顔に動揺が走った。悌哉と離れることに痛みと淋しさを感じながらも青蘭は言を続ける。

「だってお兄さんが……。それに町にはご家族がいるのでしょう？」

悌哉も青蘭同様、こんな宮になどいたくないはずだ。ましてや遠い倭へなど。

理由を聞いた瞬間、悌哉の表情の端に安堵の色が走ったのを青蘭は見逃さなかった。

（やはり……）

青蘭は落胆した。しかし――

「家族はいない」

「え？」

「みな死んだ」悌哉は低い声で答えた。「それに護衛は俺の役目だ」

行ってくれる気なのだとわかり青蘭はどこかほっとした。同時にさらに深い落胆が襲ってくる。

（役目……）

そばにいるのは楠壮士としての責任感や義務感からだけなのだろうか。

里の巫女と楠壮士は恋に落ちやすい——出会った時、悌哉もその大きな目を見開いて青蘭を見ていた。

（それなのに……）

高欄の上で指を握りしめる青蘭に荘助が不透明な笑みを浮かべた。

第四章　三人旅

一

　翌朝、青蘭《せいら》は悌哉《ともや》と荘助《そうすけ》だけを供に下総国《しもうさのくに》の光の宮をあとにした。

　命婦《みょうぶ》は当初、牛車を用意し、身の回りの世話に内司《ないし》と護衛に衛士《えいし》をつけると言ったが、大仰な一団は目立つし、牛飼いは徒歩となる牛車の旅は時間がかかる。

「護衛なら二人がいるし、身の回りのことは自分でできるし、言葉が通じるのだからわからないことは人に聞けます。それから少しですけど乗馬の経験があるので、用意していただけるなら牛車ではなく馬をお願いします」

　固辞する青蘭に、命婦も最後は折れてくれた。

　青蘭の望みどおり三頭の馬が準備された。一頭の背には三人分の着替えを収めた旅行李が振り分けて積んであり、人獣の荘助は歩きで同行する。

　二日間を自分の服で過ごした青蘭だが、旅先ではおかしな格好と思われるだろうし着替えも必要なことから、馨《かおる》と同じ小袖の着物と袴を着ることにした。

内司たちが一晩で仕立ててくれた絹の小袖と襦袢《じゅばん》は袴の中でもたつかないように膝上までの丈で、小袖の背中と左右の袖と胸元の五か所には紋が入っている。紋の図柄は八つの小さな輪が花びらのように連なって一つの大きな輪になっている。

悌哉と荘助は直垂に帯刀。

さらに三人とも手甲をはめ、打飼《うちかい》を背負い、腰には小物が入る胴乱。そして日よけの笠をかぶっている。

鳥居の外まで従ってきた命婦や内司に見送られ、三人は出発した。

初めて目にした日は夜だったので町の様子はよくわからなかったが、光の宮がある山を背景にした大きな町だった。鳥居の前から一直線に延びる大路を中心に、格子状に通りが走っている。大路の両側には瓦屋根に焼き板と白壁の家屋が軒を連ね、大小の商家が建ち並ぶ。家々の数は千に届くだろうか。火災が見えたので案じていたが、考えていたより被害は少ない。

通りには大勢の人の姿があった。赤ん坊を背負った女の人や前掛けをした少年少女が買い物籠や判取帳を手に行き交い、幼い子供たちが笑い声をあげながら走り回っている。商家はいずれも店を開けており、大店《おおだな》の店先には荷を山と積んだ大八車が停まっていて、奉公人の男たちが威勢のよい声をあげながら荷下ろしをしていた。

明るい日差しとあいまって、緊迫感や悲愴感は感じられない。

「逞しいのね」

青蘭は呟いた。聞きつけて青蘭の馬の面繫《おもがい》を取って歩いている荘助が振り返る。

「町の人」青蘭は答えた。「鬼に襲われたのになんだか普通に見えるので」

「ここじゃよくあることですから」答えた荘助は顔を正面に戻し続ける。「それにどの家でも壕を掘ってあります。鬼の襲来を報せる半鐘が鳴ると、皆、地下の壕に身を隠すんです。運が悪けりゃ見つかっちまいますけど、町の衆が亡くなることは稀です」

「ふうん」

大路同士が交差した辻角の建物の前に十人余りの男たちが集まっていた。一人が身につけている装束は最初の日に悌哉が着ていた木綿か麻らしい生成りの粗布の直垂、残りの男たちも染めのない生成りの粗布で仕立てた小袖に膝までの丈の袴を穿いている。荘助と同じ人獣もいた。ほかの男たちと同じ小袖の上衣を着ている。

「悌哉！　荘助！」

一人がやってくる馬を見て声をあげた。残りが振り向く。

「悌哉！」

「荘助！」

一斉に大路を渡ってどかどかと駆け寄ってくる。

驚いた青蘭の乗騎が後ずさった。青蘭は馬が走り出さないよう急いで手綱を強く引く。嫌がる馬は脚を踏み鳴らして頭を激しく上下に振り出した。

「どうどう」

荘助が面繋を引きながら、頚を叩いて馬を宥《なだ》める。

男たちは荷駄馬を引いて前を進んでいた悌哉を囲んだ。

「康吉！　良成《よしなり》！　無事だったか！」

馬上の悌哉が弾んだ声をあげる。

「あたぼうよ！」

小袖の男の一人が胸を張る。

青蘭の馬が落ち着いたので荘助も男たちのほうへ駆け寄った。

「八郎《はちろう》！」

「荘助！」

両腕を大きく広げ、笑顔で迎えたのは人獣。獣の下半身の毛色は薄茶で、荘助より長い。

悌哉と荘助がいた防人《さきもり》の兵衛《ひょうえ》たちだろう。悌哉と荘助と男たちは互いに再会を喜び合っている。

青蘭は目を見開いた。荘助はもとより悌哉も笑顔だ。悌哉が笑っているところは初めて見た。もともと端整で魅力的な顔だが、笑うと少年のように純粋になる。増した魅力に胸がときめく。

しかし悌哉のその笑顔はすぐに消えた。

「副長のこと、残念だった」

「………」

かけられた言葉に、悌哉の口元に力が入った。視線が落ちる。笠の下、窺い見える表情は無常観にとらわれた厳しいものになる。兵衛たちの顔も歪んだ。

「俺たちも悲しいよ。面倒見がよくて、あんなにいい人、ほかにはいなかったのに」

「大丈夫か、悌哉」

先ほど、あたぼうよ、と胸を張っていた兵衛が気遣う。

荘助が馬上の悌哉の腰に後ろからとんと拳をあてた。悌哉の上半身が少し揺れる。それに励まされたか悌哉は気丈にも少し笑顔を取り戻した。

「大丈夫だよ。ありがとう」

兵衛たちの表情も和らぐ。

「そういえば！」悌哉の心中をおもんぱかってか、一人が明るい大きな声を発した。

「悌哉、荘助、おまえたち楠壮士《なんそうし》と犬士《けんし》になったたって⁉」

「そうそう！　今その話をしていたんだ！　陣屋は大騒ぎだぜ！」

悌哉と荘助は顔を見合わせた。

「ああ」

悌哉が答える。

「まじかよ⁉」

兵衛たちは大いに驚く。悌哉は軽く肩を上げた。荘助はにやりと笑う。

「なんだ、荘助、おまえその反応！」

「格好もだ！　おまえらなに着てんだよ！」

「二人とも小綺麗なかっこしやがって！」

「似合ってるだろ」

薄汚れた小袖短袴の兵衛たちを前に、真新しい直垂の荘助は得意げに胸を張る。

「このやろっ、犬のくせに生意気だぞっ」
二、三人が殴りかかった。だが本気ではない。拳は当てられるだけ。差別的な言葉も顔には親しげな笑みが浮かんでいる。眼差しも明るい。荘助も笑っている。馬上から眺めている悌哉も「ははは」と声をあげて笑う。
「しかしおまえたちが楠壮士と犬士になるなんて。宮に上がるんだよな？」

「廓《くるわ》の女たちももう大騒ぎだぜ」

「おめえもだろうが」別の兵衛が言った兵衛をからかう。「悌哉と荘助がいねえと愛しの菊乃《きくの》は会ってもくれねえもんな」

「るせっ。そういうおまえこそっ」

「ちくしょうっ。おまえらがいなくなったら、俺らどうすりゃいいんだよっ」

「釣りには撒き餌ってもんが必要なんだよ」

憤まんから一転、兵衛たちは口々に泣きつく。悌哉は笑っている。

「おまえらしまいに破産するぞ」

荘助も居丈高に腕を組み、「こいつらとっくに螻蛄《おけら》だって」

「るせっ、荘助っ」

揶揄された男たちは憤る。

「おまえ犬のくせに生意気なんだよっ」

「その犬に泣きつく人間はどこのどいつだ」

荘助はへへんと鼻で笑い、取り合わない。

「悌哉ぁっ、なんとか言ってくれよぉっ」

どっと笑いが起きた。

「けど大げさじゃなく、廓の女たち、みんな、光が消えたような顔だったぜ」

直垂の男が言った。別の兵衛が脇から言い添える。

「菖蒲《あやめ》さんもな」

悌哉の顔から笑みが消えた。

「馬鹿」

直垂の男が言った者の脇腹に肘鉄を見舞う。

「あ……」兵衛はしまったと顔をしかめた。「すまん、悌哉」

「いや……」悌哉は首を振った。「戻ったら改めて挨拶に行くと伝えてくれ」

「戻ったらって、どこか行くのか？」

「ああ」瞳に力が戻る。「倭《やまと》へ」

「倭ぉっ⁉」

兵衛たちは一斉に目を見開いた。

「じゃあな」

悌哉は淡く笑ってこれまでの仲間に別れを告げ、馬の腹に軽く踵をあてた。荘助が戻ってきて青蘭の馬の面繋を取る。

「お、おい、見ろ！」

「すげえ美女だ！」

ざわめきに見送られ、荘助に伴われた青蘭は兵衛たちの前を通りすぎる。

「荘助！」声が追いかけてきた。「俺の母ちゃんに会ったらよろしく言ってくれ！

八郎は元気でやっていると！」

「おう！」

荘助は片手を上げて答える。

青蘭は荷駄馬を引きながら少し前を行く悌哉の横顔に目をやった。笠の下の顔に笑みはない。

（菖蒲……）

誰なのか。

青蘭は手綱を握りしめた。


行く手に城門が迫ってきた。

光の宮の楼門よりさらに大きい城門である。その手前、門を入ってすぐの大路の両側に赤い格子で区切られた一画があった。どちらの格子にも大路に出入りする小さな門が一つあり、男が二人ずつ立っている。その男たちは直垂や小袖短袴ではなく、着物の上に揃いの半纏《はんてん》を羽織っている。

前を通ると、格子の向こうには奥に向かって延びる小路が二本ずつあり、小路に沿って格子造りの二階家が並んでいるのが見えた。

「悌哉さん！」

小路にいた女が弾んだ声をあげた。

「ちょっとみんな！　悌哉さんだよ！」

「きゃあ！」

格子造りの家々から女たちが飛び出てきた。そのまま門へ走ってくる。

「悌哉さぁん！」

「荘助ちゃぁん！」

大路を行く悌哉と荘助に向かって黄色い声がかかる。

「こら！」門の男たちが両手を広げ女たちの前に立ちはだかった。「門の外へ出るなよ、おまえら！」

「出たら、ただじゃおかねえからなっ！」

「ふん、わかってるよっ！」

威圧的な男たちに女たちは憤る。

どの女も派手な色柄の着物と襦袢を着て、襟を大きく抜いている。

「悌哉さん、荘助ちゃん、遊んでおいきよ！」

「こっちよ、こっち！」

「安くしとくよ！」

格子の間から差し出される白い腕、腕。艶《なま》めかしい呼び声。

悌哉は困惑気味の表情になり、荘助は苦笑を浮かべている。

兵衛たちが言っていた廓かと青蘭は察した。

（ではここにいる女《ひと》たちは……）

「悌哉さん！」

突然、ほかの女たちとは違う張りつめた声が青蘭の耳朶《じだ》を打った。

悌哉が声の聞こえてきた方向に振り向いた。青蘭もその視線の先を追って見る。

黄色い声をあげている女郎たちから少し離れて、一人の女が格子を握りしめ立っていた。齢のころは二十五、六か。悌哉より二、三歳年上だ。たおやかな風情の美人である。同じように襟を抜いた着つけから伸びる白くて細い首筋が艶かしい。

女は格子に顔を寄せ、通り過ぎていく悌哉をひたと見つめる。悌哉も馬上から女をじっと見ている。そして黙ったまま頭を軽く下げた。そのまま立ち止まらない。

女は去っていく悌哉の背中を目で追い続ける。

憂いを秘めた表情と張りつめた眼差しが青蘭の心に焼きついた。

（あの人が菖蒲さん……？）

名のとおり、廓に咲く花々の中で群を抜いて綺麗な女《ひと》だ。

振り返ると、女はいつまでも悌哉を見つめている。

青蘭はもやもやとした嫌な感覚を胸の奥に覚えた。

恋人だろうか。

馨《かおる》が里の巫女と楠壮士は恋に落ちやすいと言った時、悌哉は即座に否定した。

（あの女《ひと》がいるから……？）

「里巫様？」荘助の声が聞こえた。「どうしました？」

乗騎の面繋を取っている荘助が肩越しに見上げている。青蘭はざわつく心を封じ込め微笑を浮かべた。

「なんでもない。二人とももてるんですね」

荘助は苦笑をこぼした。

「それは悌哉ですよ」

「おい」

悌哉が振り返って睨む。荘助はそ知らぬ顔で歩いている。悌哉は忌々しげに舌打ちをし、荷駄馬の手綱を引いて後方の馬を乗騎のそばに寄せた。

荘助が青蘭を見上げる。したり顔に青蘭はくすくす笑った。けれど荘助が顔を前に戻すとその笑みは消えた。

先を行く悌哉の背中を見つめる。打飼を背負い、笠をかぶったその若者は振り返らない。

青蘭は視線を落とした。

こんなことは初めてだ。そばにいて青蘭を見ない男などいなかった。

（あなたは……）


城門にやってきた。鉄《くろがね》の板と鋲で補強された厚い木の扉が外に向かって開いている。門の外の左右には槍を手にした番兵の姿がある。

先に悌哉が、続いて青蘭の馬が城門を潜る。

門の向こうには緩やかな下り坂が延びていた。

風が強い。町の中や光の宮では風はほとんど吹いていなかった。吹きつける風は潮の香りを含んでいる。

道の両側は断崖絶壁で、下は海だった。二十米《メートル》ほど下で波が打ち寄せている。

町は岬の突端の、島のような膨らんだ土地に築かれていた。そこに通じているのは細く長い岬の上の道のみ。

吹きつける強風で岬の上は木々が育たず、緑の草地が広がっている。青い空と碧い海と灰色の断崖と緑の草地。景勝だが荒涼とした観もある。明るい日差しが救いだ。

岬の途中で青蘭は振り返った。

町は断崖からそそり立つ城壁に囲まれていた。石壁の上に土塀を設けた城壁は高く、家々の屋根は見えない。城壁のところどころには櫓《やぐら》が設けられている。そしてその向こう——町の奥に切り立った岩山がそびえ立っている。

海面から頂上までの高さは、数百米《メートル》はあるだろうか。周辺には山も島もなく、その岩山が海からそそり立つ。頂上は見えているが、そこにあるはずの光の珠とその輝きは見えない。

町とそれを囲む城壁はまさしく鳥居前町《とりいまえまち》の様相を呈していた。肝心の光の宮はそそり立つ山の下部、下から四分の一ほどの高さのところにある。木立の間に楼門と白壁が見える。木は光の宮と町の間にだけ生い茂っている。そこから上は岩壁の所々にわずかな木が生えているだけだ。

青蘭は馨が言っていた、塀を乗り越えようとしたら崖の下へ真っ逆さまの意味を理解した。伊豆国《いずのくに》の宮と陸前国《りくぜんのくに》の宮に通じる門はこの位置からは見えないが、門があるあたりの真下は海へと続く切り立った崖だ。落ちたら海面に激突、即死だろう。

(神秘的な地形ではあるけれど……)

岬のつけ根にやってきた。その先は草原と林に覆われた台地が続く。

先を行く悌哉が乗騎を止めて振り返った。

大きな瞳がまっすぐに青蘭を見る。

本当に行くのか――瞳は言っている。

野と山と海を越え、はるか倭へ。

青蘭は空を見上げた。

水面《みなも》のように揺らぐ青い空。あの黄色い光は、昼間は見えない。

（でも……）

口元を引き締め、青蘭は言った。

「行きましょう」

二

しばらく進むと畑が現れた。粗末な野良着を着た人々が農作業に勤しんでいる。道は整備されていた。舗装こそないが、窪みや石はなく、馬を歩かせやすい。青蘭は馬の腹に鐙を軽く入れ、荷駄馬を引いて先行する悌哉に轡《くつわ》を並べた。

それを見て、二頭の馬に挟まれた荘助が馬上の青蘭を見上げ笑顔で言った。

「お上手ですね」

「子供のころ少し習っていたの。全速力は無理だけど、緩い駆歩《かけあし》なら止められる」

馬は走らせるより、走っている馬を止めるほうがはるかに難しい。

「だったら俺が引く必要ないか」

面繋を取る荘助はそう言って手を離す。青蘭は首を横に振った。

「ついていてもらったほうが安心できます」

三頭は青蘭が乗っていた乗用馬《サラブレッド》より馬体は小さいが、脚は太く、頚もがっしりしている。乗り心地は悪くない。毛色は青蘭の乗騎が白で、悌哉の乗騎と荷駄馬は鹿毛。

青蘭は隣を進む悌哉に目を向けた。

青蘭が横にきたのはわかっているのに悌哉は振り向かない。

菖蒲という人のことを考えているのだろうか。突然、楠壮士になって、なにも言えずに宮に入ったのかもしれない。しかも楠壮士は生涯を里の巫女と共にし、さらに齢を取らないという。それは実質、別れを意味する。

（お兄さんを亡くして、恋人までって……）

怒るのは当たり前だ。悲しむのも当然だ。悌哉が時々青蘭を見ようとしなくなるのは、彼女のことがあるからかもしれない。

青蘭の想像に反し、笠の下の瞳はまっすぐ前を向いていた。表情は引き締まっていて、胸中がどんなものか、窺うかぎりではわからない。

（この顔も魅力的だけど……）

さっき初めて見た、笑った顔。それはいっそう魅力的だった。

荘助はよく笑ってくれるのに、悌哉は笑顔を見せない。この旅も護衛は務めだと言った。それ以上の関係はないと言われたようで淋しい。

話がしたくて、青蘭は思い切って自分から言葉をかけてみた。

「あなたも笑ったりするんですね」

ようやく振り向いてくれた悌哉は何を言っているんだという眼差しをした。

「だって笑顔なんて見たことなかったから」

青蘭が不満を滲ませて言うと、悌哉の表情の端に狼狽が走る。

「お互い様だろう」

怒ったような口調で答えると、悌哉は顔を前に戻した。肌が赤くなったように見えたのは気のせいだろうか。

「そうね」

青蘭は試みがうまくいかなかったことと悌哉に事実を突かれたことを合わせて苦笑いを浮かべた。たしかにこの三日は大変なことばかりで、声をあげて笑ったことなんかなかった。

（でも……）

視線を向けたが、悌哉はもう青蘭を見ようとしない。代わって二頭の馬の間にいる荘助が肩越しに振り返って青蘭を見上げ、申し訳ないという表情をした。黒い瞳が大丈夫かと無言で問う。

荘助のおおらかな人柄と優しさに感謝し、青蘭は首を縦に振った。

しばらく進むと、雑木林の脇に野面積みの石垣と竹垣で囲った村が現れた。一列に並んだ竹の先端は尖っている。

(風除け……?)

海岸に近いこの辺は時に強風が吹くのかもしれない。

竹垣の内側には茅葺《かやぶき》屋根の建物が十棟ほど固まっている。屋根は見えるが、竹垣は人の背丈よりはるかに高く中の様子は見えない。農家だろうか、鶏や家畜の鳴き声が聞こえる。板戸をはめた門のそばには山羊《やぎ》が繋がれていて、のんびりと足元の草を食《は》んでいる。

さらに行くと、また同じような石垣と竹垣に囲われた村があった。竹垣は高く、空に向けた先端は鋭く尖っていて、そこでも門のそばに山羊が一頭、繋がれている。

そのあともたびたび村を見かけたが、どの村もすべて石垣と竹垣に囲われ、中の様子は見えず、門のそばに必ず山羊がいる。

「どうしてどの村も高い竹垣を築いていて、山羊を繋いでいるのですか?」

青蘭は馬の面繋を取っている荘助に訊ねた。

「鬼ですよ」荘助は真面目な表情で答えた。心なしか声が硬い。「山羊は鳴き声で鬼の襲来を報せてくれるとともに、鬼への捧げものです。山羊を差し出して、中の人間は見逃してもらう。それでも襲われる村はありますが」

青蘭は畑の向こうに見える村を見やった。その村もやはり大人の腰の高さほどの石垣の上に先端を尖らせた竹垣を設けている。だが巨石を積み上げた石垣と土塀でできた鳥居前町の城壁と比べると、その壁は高さもなければ作りもお粗末だ。

「あれで防げるのかしら……」

呟く青蘭に荘助は苦笑を浮かべる。

「民百姓が作れるのはあれが精一杯。あとは運を天に任せるしか」

「そう……」

青蘭は視線を落とした。持たざる者がより過酷な状況に追いやられるのはどこの世界でも同じということだ。

並びの悌哉がその瞳をちらりと青蘭のほうへ向けた。しかし青蘭が気づいて視線を向けると、ふいっと逸らす。

そのままなにごともなかったような顔をしているが、口元に微妙に力が入っている。

青蘭がなにか言うと必ず視線を向けてくるが、目が合うとすぐに逸らす。

（なんなのよ……）

青蘭は少し憤慨した。どうでもいい男なら気にしないが、あの端整な顔は魅力的で、ちょっとした行為にも心を乱されてしまう。それが、余計に腹が立つ。

「鬼って？」わからない男は無視し、青蘭は荘助に訊ねた。「あれはなんなのです？」

最初の夜、少しだけ見えた。恐ろしい異形のもの。

「里巫様のいらしたところには鬼はいないのですか？」

「ええ。鬼のようと言われる、ひどいことをする人間は大勢いるけど……」

荘助は軽く笑った。

「それならここにも大勢いますよ」

「そうね」

匿名性を隠れ蓑にした心無い中傷や誹謗――書き込む本人は面白半分や憂さ晴らしでも、書かれる側にとっては本当に鬼の所業だ。

「鬼は地の底からやってくる魔物です」馬を引きながら荘助は答える。「奴らは天光の下では生きられない。棲み処《か》は外海の断崖絶壁の洞窟とか、あちこちにあって、鬼の岩屋と言うんですけどね。下総の宮の真下にもありますよ」

「ええ⁉」

「だから防人《俺たち》がいる。あ、俺はもう兵衛じゃないか」荘助は間違いに気づいて自分で突っ込んだ。「鬼はすべて雄です。雌の鬼はいない」

「どうして？」

「さあ？　理由は知りませんけど。奴らが町や村を襲うのは、人間を喰うためで、若い女はさらう。さらわれた女は鬼の棲み処に連れて行かれ、八房《やつふさ》の子を産まされると言われています」

「八房って……」

荘助は振り向き、頷く。

「伊豆の宮の里巫様がおっしゃっていた伏姫《ふせひめ》の弟の八房です」

「じゃあ鬼は……」

青蘭は眉をひそめた。

「もっとも戻ってきた女がいないから、本当のところはわかりませんけどね」

青蘭は視線を落とした。

「ひどい話……」

「ええ。だから人々はああやって村を竹垣で囲み、捧げものとして山羊を繋いでおく。自分たちを食べないでほしい、と」

「そう……」

道の両側には畑と雑木林が広がっている。自動車や鉄道はなく、電信柱もない。あるのは豊かな自然と降り注ぐ天光、その中で地に足をつけて生きる人々の営み。穏やかでゆったりとした日本の原風景。しかしそれは見かけだけ。日が落ちれば襲ってくる恐怖。

（鬼……）

若い女をさらうと荘助は言った。

青蘭は隣を進む悌哉に顔を向けた。

「やはりあなたは宮に残っていても……」

青蘭としては菖蒲という女性のことで気を遣ったつもりだった。若い女をさらう鬼が出る町に恋人を残していく悌哉の心中は耐え難いものがあるだろう。彼のわからない行動はやはり菖蒲という女性の存在が原因なのかもしれない。

悌哉は虚を衝かれたらしく明らかに狼狽した。そしてそれを隠そうとしたか、冷ややかな口調で、

「女一人で旅などできるものか。ましてこちらのことをなにも知らないのに」

女一人の件《くだり》で荘助が俺、俺、と自分の顔を指す。

「でも……」

青蘭は下唇を軽く噛んだ。悌哉があの人を好きなのだとしても、自分のことしか考えない思いやりのない女だと思われたくない。

青蘭は再び悌哉へ目を向けると淋しさを押し殺して微笑んだ。

「鬼は夜しか出ないんでしょう。だったら荘助がいるから大丈夫です」

「荘助？」

なにが気に障ったのか、悌哉は刺々しい口調で鸚鵡《おうむ》返しに言う。

「そう呼べと言われたから」

青蘭は口調と表情の険しさに面食らいながら答える。

悌哉はちらっと人獣の顔を見た。荘助はそ知らぬ顔で口笛を吹く。悌哉はますます不機嫌になって人獣を睨む。

青蘭は悌哉がなにに怒っているのかわからなかった。

「あなたはどう呼べばいいですか」

「好きなように」

悌哉は突き放すように答えた。

(なんなのよ)

青蘭は戸惑う。

「悌哉」荘助が横から口を出した。「みんなそう呼びます」

「悌哉」

青蘭は悌哉を見ながら口にした。心臓がどきどきしている。

悌哉は怒ったような表情で顔を逸らした。だが呼ぶなとは言わない。日に焼けた肌が少し赤い。そんな悌哉を見て、荘助はにやにやと笑っている。

「じゃあ、私は青蘭で」

「青蘭様」

荘助が言った。青蘭は微苦笑を浮かべる。

「様はいらないわ」

「いや、それはまずいでしょう」

「どうして？」

たぶん青蘭のほうが二人より年下だ。

「貴女は里の巫女だ」

横から答える声があった。言ったのは荘助ではなく悌哉。

青蘭は顔を向けた。悌哉も青蘭を見ている。澄んだ大きな瞳がまっすぐに。

「里巫殿」

これが決定だと青蘭に通告するような口調で悌哉は言った。悌哉の声は高くなく低くなく耳に心地よい。しかし今の口調は冷たく聞こえた。

（里の巫女……）

望んできたわけではない。しかも青蘭が帰りたがっているのを悌哉は知っている。

（それなのにそう言うの？）

悌哉との間に見えない壁を感じる。二重に心が沈んだ。青蘭はうなだれる。

「……だが」俯いたまま黙り込んでしまった青蘭を見てどう思ったのか、悌哉は急にぼそぼそとした声を発した。「貴女が……荘助と二人で行きたいのなら」

「は？」

青蘭は顔を上げた。

悌哉は明後日《あさって》の方向に顔を逸らしている。表情は見えない。

（なにを言ってるの？）

突然、荘助が爆笑した。

驚いた馬たちが一斉に前脚を高く上げ、左右に飛び退いた。

「きゃあっ！」

青蘭は悲鳴をあげ、反射的に手綱を強く引いた。

「やべっ！」

荘助は面繋を両手でつかみ、下に引く。

馬はよほど驚いたらしく、前脚後脚で地面を蹴って激しく暴れる。

「大丈夫、大丈夫よっ」

青蘭は振り落とされないように鐙を全力で踏みしめてこらえながら声をかけた。

「どうどう」

荘助も面繋を握りしめ、馬の鼻梁を押さえて、落ち着かせる。

馬は跳ねるのをやめた。

「いい子、いい子ね」青蘭は白い首筋を優しく叩いた。「びっくりしたのね、ごめんなさい」

馬はぶるるると唇を鳴らしながら何度も首を縦に振る。まだ息が荒い。馬は臆病な性質で、物音に敏感だ。

「大丈夫よ。怖いことはないわ」

青蘭は馬を怯えさせないように落ちついた低い声で優しくゆっくりと声をかける。

呼吸がもとに戻った。馬は首を垂れる。

危機を脱し、青蘭は悌哉を見た。

被害は悌哉もだった。むしろ荷駄馬を引いていた悌哉は二頭の馬を同時に宥めねばならず、まだ格闘している。飛び跳ねる乗騎の上で、片手で握った手綱と両足の力だけで姿勢を保ちながら、もう一方の手で後ずさろうとする荷駄馬を繋ぎとめている。ものすごい体幹だ。

荘助が飛んでいって、荷駄馬の手綱を引き取った。

ようやく二頭の馬も落ち着いた。

「荘助ぇぇっ」

悌哉は睨む。

「すまん」

荘助は苦笑いを浮かべ片手を顔の前に上げて詫びる。

「おまえ、荷駄馬も引け」

悌哉は膨れた様子で言い放つ。

「えええぇっ」

荘助は不満の声をあげた。悌哉は取り合わず、一人、さっさと先に進んでいく。

残された青蘭と荘助は顔を見合わせた。

「なんなの？」

青蘭は思わず訊ねた。悌哉はなにを怒っているのか。

馬が暴れた衝撃と恐怖で騒動の原因も忘れてしまった。

荘助は微苦笑を浮かべると、荷駄馬を引いてきて青蘭の馬の面繋を取った。

三

夕刻、三人は光の宮の鳥居前町と同じ石垣と土塀の高く頑丈な城壁に護られた柴山という町の城門に着いた。

城門の向こうには鳥居前町と同じく赤い格子に仕切られた廓らしき区画があり、奥に町家が連なり、甍の波の彼方には三重屋根の天守閣が見える。

ここまでの道中で青蘭は、柴山は郡司《ぐんじ》が治める郡《こおり》の城下町だと荘助より教わった。郡は国の下の行政組織である。国はいくつかの郡に分かれていて、日本《ひのもと》の土地はすべてどこかの郡に属している。郡の下は郷《さと》、その下に最小単位の村。村、郷、郡、国の順で支配は成り立っている。ただし八つある光の宮とその鳥居前町、そして倭だけは別だそうだ。

倭と各光の宮を含む鳥居前町は御天領と言い、人智の及ばぬ神聖なる領域で、どこの郡にも属さない。青蘭が出てきた下総国の光の宮の場合は岬の付け根から先、回廊のような細い断崖の土地からが御天領なのだそうだ。各宮に下総国、伊豆国、陸前国と国がついているのは、場所を表すためだけのものらしい。

いずれにしても集落はその規模の大小にかかわらず、すべてが鬼の襲来に備え、なんらかの壁で周囲を囲っている。村々は低い石垣と竹垣の簡素な壁、郡庁がある柴山のような町は高い石垣に土塀の立派な城壁。そして山羊に代わって城郭町の城門には槍を手にした番兵が立っている。

柴山の番兵は屈強な二人の大男だった。

「見ろよ、狗《いぬ》だぜ！」

小袖と膝までの短袴に防具をつけた番兵は荘助を見て馬鹿にした大声をあげた。

番兵たちが通れないように槍を交差させたので、三人は馬を止めた。

「なんだ、なんだ？」

番兵の声を聞きつけて、城門の中から五、六人の男たちが出てきた。番兵たちと同じ下級の兵装束の男もいれば、法被《はっぴ》を羽織った町人風の男もいる。

「こいつ狗のくせに、生意気にも直垂なんて着てやがるぜ」

馬を囲んだ男たちは荘助をからかう。

一人の男は笠を被った馬上の青蘭を覗き込み、

「こっちの娘は奇妙な顔だな」

「こっちは役者のようないい男」

悌哉のそばにいる男が甲高い声音を発して女のような科《しな》を作る。弾けるような笑い声があがった。

「優男に、奇妙な顔の娘に、狗。こいつら芸人かあ？」

「おい、狗、わんと鳴いてみろよ」

青蘭は眉をひそめた。

鬼のような人間はここにも大勢いる――荘助の言ったとおりだ。荘助は人間と犬の二つの姿をしているが、ここにいる男たちよりはるかに人間ができている。出会ってまだ間がないが断言できる。

(どうしよう……)

青蘭は轡を並べている悌哉を見た。悌哉は目を細めている。ほんの少し開いた唇。怒っているととれる。侮辱されている当の荘助は平然としていた。もっともぴんと立った尾がゆっくりと左右に揺れている。

ここまで三人は蘆戸《あじと》、小篠《こざさ》とすでに二つの城郭町を通っていた。二か所ともここ柴山と同じ天守閣を備えた郡司の居城を中心に築かれた城下町だ。街道はいずれの城下町も堅牢な城壁に護られた町の中を貫いている。街道の上に町を設けたと言ってもいいだろう。目的は通行税だ。街道を往来する者は必然的に城門を通ることになる。

番兵の反応は先の二つの城下町でも似たようなものだった。

悌哉がちらりと荘助を見た。視線に気づいて荘助も悌哉を見上げる。二人はなにか目と目で語り合った。荘助がそれとわからない程度に首を横に振る。そして人獣は青蘭の馬の面繋をしっかり握った。

それを待って悌哉は馬上から番兵たちに向かい居丈高に言い放った。

「控えろ」

「なんだと⁉」

番兵たちは気色ばむ。鬼が人を喰らう世界で門番をやっている連中だ。血の気の多い男でないと務まらない。

だが悌哉は体格でも人数でも勝る相手に対して少しもひるまない。少し首を傾げて隣の馬を示し、

「ここにおられるのは光の宮の里の巫女様だ」

男たちはぽかんと口を開けて馬上の青蘭を見上げた。

悌哉は直垂の懐から立文《たてぶみ》の下知状を取り出し、番兵の眼前に突きつける。白い和紙の表には青蘭の着物の紋と同じ八つの小さな輪が輪になった図柄の印が押され、その下に「下」と墨でしたためられている。

「郡司殿に取り次ぎを願う」

悌哉は冷ややかな眼差しと声で言を続ける。

男たちは顔を見合わせた。どの顔にも戸惑いと焦りが浮かんでいる。

荘助がにやりと笑った。

青蘭は安堵すると同時に、屈強な番兵を前にしても泰然としている悌哉と荘助の度量に頼もしさを覚えた。

命婦が持たせてくれた下知状のおかげで三人はただちに郡司の居城に案内された。先触れもなく里の巫女一行の来訪を受けた城内は上を下への大騒ぎになった。

天守閣を望む本丸御殿内の一番上等の部屋に通された青蘭は一段高くなっている畳の上に置かれた絹の厚い座布団の上に腰を下ろした。悌哉と荘助はその下に控える。二人にも表地違いの座布団が提供されている。

部屋は上段、下段と二間続きの総畳敷きで、格天井《ごうてんじょう》に精緻な欄間を施し、襖にはこの地の明媚な風景が描かれている。

「お初に御目見え仕ります、里の巫女様！」

やってきた郡司は白いものが交じり始めた頭髪から推測するに齢は四十代の半ばくらい。中背で痩身の男だった。直衣《のうし》に指貫《さしぬき》の礼装に身を包んでいる。

「先ほどは郎等《けらい》が甚だ無礼な態度をとり、里の巫女様とお供のかたがた様にいたくご不快な思いをさせてしまいましたこと、深く深くお詫び申しあげます！」

下段の間に座した郡司は平身低頭、畳に額を擦りつける。背後に並ぶ直垂装束の家臣たちが主君に倣う。

「よろしいのです」青蘭は微笑み、「こちらこそ突然やってきてすみません。迷惑をおかけしますが、一夜の宿をご提供いただけますでしょうか」

軽く頭を下げる。

一流企業を顧客に持つ企業弁護士の母親に教わった処世術だ。嫌な相手、特に地位のある男性相手には笑顔で下手に出る。不快な思いを味わったことへの嫌味を込めて。不快な思いをさせられた目上の者が下手に出たら、相手は身の置き所がない。

案の定、郡司は大汗を流している。

「も、もったいないお言葉。我らこそ里の巫女様にお泊まりいただけるとは光栄の至りにございます。ただいま膳を用意させております。なにぶんかような田舎のことゆえ、里の巫女様のお口に合うかわかりませぬが、どうぞごゆるりとおくつろぎくださいませ」

「ありがとうございます」青蘭は慎ましく礼を言う。「でも今回は私《わたくし》ごとでの旅ですのでどうかお気遣いなく」

暗に大仰な歓待はごめんこうむると伝える。見世物や晒し者にされるのはまっぴらだった。事実、郡司たちの背後の締め切られた襖の向こうに大勢の人の気配がある。

「里の巫女様だと⁉」

「倭へお行きになる道中お立ち寄りになったそうだ！」

「なんという大慶！」

「とてもお美しいおかただというぞ！」

「ぜひにもそのご尊顔を拝したいものですわ！」

姿は見えないが、老いも若きも男も女も大興奮で、ひそひそ声が上段の間まで聞こえる。

郡司たちはさらに焦る。

「控えよっ。無礼なるぞっ」

家臣の一人が押し殺した声で襖の向こうの野次馬たちをたしなめる。ざわめきがぴたりと止まった。それでも騒ぎは収まらない。

「御用商人の相模屋《さがみ》が里の巫女様にお取り次ぎをいただきたいと錦の反物を山と持ってお越しですわっ」

「真亀《まがめ》の主人も長持ご持参でお見えになっているとお館様にお報せしてくれっ」

慌しい報告が次々に入る。

郡司や家臣たちは身の置き所がない表情をしている。

出発前、青蘭は命婦から里の巫女が光の宮を出ることはほぼないと教えられた。反対に民も通行札を授けられた御用商人以外は光の宮に上がることはない。その御用商人も応対するのは蔵官や内司だ。つまり里の巫女の姿を見ることなど、大多数の人間は一生ないのだ。

青蘭が馨に聞いた伏姫と光珠の話は、こちらでは幼い子供でも知っているそうだ。

日本《ひのもと》には八つの光の宮があり、そこには里の巫女がいることも、誰もが知っていることらしい。しかしその宮の一つ、下総の鳥居前町で防人の兵衛をしていた悌哉と荘助でさえも、亡くなった先の里の巫女には一度も会ったことがないという。

名称だけが流布されていて会うことのない存在――女神や天女のような感覚だろうかと青蘭は捉えていた。その里の巫女が突然やってきたのだ。

悌哉が直垂の懐から命婦から預かった下知状を取り出し、郡司に差し出した。

「里巫様ご滞在中の諸事について、ここに記載されているとおりに取り計らってもらいたい」

書状には食事や身の回りについての細かい指示が記されている。さらに拝謁をはじめとして滞在記念の書や署名を里の巫女に求めるなどの行為は断固禁ずるという内容も記されていた。人々の反応を見越した命婦の配慮だ。

「なお、このたびの謝礼に関しては宮にお戻りになった暁に下されるゆえ、こちらに貴殿の名と日付を記されるよう」

悌哉は立文の下知状の上に新たに折本を重ねる。

折本は掌ほどの幅で長さは二十五糎《センチ》。白無地の和紙を二十ほどの見開きに折り重ねてあって、吉祥文様の透かしが入った純白の表紙の上に青蘭の着物の紋と同じ八輪の輪が金箔で入っている。

「はっ！　ありがたき幸せ！」

郡司はいざり出て、恭しく受け取り、重ねた二つを頭上高く掲げたまま元の位置へ戻る。

青蘭はほのかな笑みを浮かべ、言葉をかけた。

「騒がせてすみませんが、本当にどうかお気遣いなく」

四

再三にわたる申し出の末、郡司たちが退がってくれて、ようやく三人だけになれた。

「参ったあっ」

畏まった態度から解放されて、荘助が後頭部を掻きながら泣き言を漏らす。悌哉も疲れた様子でうつむいている。正座をしていた青蘭も足を崩すことができた。

「命婦さんに感謝しなくちゃ」

すでに日は落ちて室内には灯りが灯っている。

「いや、でも、郡司の城の宴会ってのもちょっと体験してみたかったかも」

「おい」

面白がる荘助を悌哉が不機嫌な声で制する。

「冗談だって」荘助は苦笑いを浮かべた。そして、「疲れたぁっ」

折り曲げていた獣の四つ脚を厚い座布団の上に投げ出す。丸一日、歩いてきたのだ。珍しく悌哉も溜息をついている。

肘掛に寄りかかった青蘭は左右に座る二人に声をかけた。

「大丈夫？」

「あー……」

荘助は上半身をそらして畳に手を突き、天井を見上げながら伸びた声をあげる。

悌哉の答えはない。荘助のように朗らかな性格ではないが、今はなにか特に不機嫌だった。表情は硬く、口の端が引き締められていて、澄んだ眼差しは床の一点を凝視している。

「大丈夫か？」

荘助が顔を向け声をかけた。

「……ああ」

悌哉は低い声で応じる。しかし表情は変わらない。瞼を閉じ、一瞬、唇を引き結んで、またすぐに目を開けた。

「どうしたの？」

「いや……」

青蘭の問いかけにも不機嫌な声で言葉少なにしか答えない。

「でも……」

様子がおかしいと青蘭が言おうとした時だった。

「痛《い》ってえ！」

荘助が叫んだ。青蘭は慌てて首を巡らせる。荘助は右の腰を手で押さえ顔をしかめていた。

「どうしたの⁉」

「おい」

青蘭の声と不機嫌そうな悌哉の声が重なる。

「いや、腰が……」

荘助は眉間に深い縦皺を刻んで上半身を前に折る。

青蘭は急いで立ち上がり、荘助のそばに行った。

右手を腰にあてたままの荘助は「あー……」と溜息にも似た呻き声を発している。

「大丈夫⁉　ぎっくり腰かしら⁉」

「いや、そうではなく」

「荘助！」

突然、悌哉が鋭い声をあげた。

青蘭はびっくりして振り向いた。悌哉は眇《すが》めた目で荘助を睨んでいる。

「ちょっと！　苦しんでいるのにその反応はないでしょう！」

青蘭は憤り、睨みつける。悌哉は顔を逸らし、ちっと舌を打った。

青蘭は取り合わず、荘助に向き直る。

「大丈夫？　横になる？　郡司さんに言ってお医者さんを呼んでもらいましょうか」

「いや」荘助は苦笑気味の笑みを浮かべ上半身を起こした。「それにはおよびません」

悌哉のほうをちらっと見る。

「でも……」

痛むのだろう。右手はずっと腰を押さえている。

「やはり医者を」

郡司を呼びに行こうと青蘭は身体の向きを変える。すると荘助の手が止めた。

人獣は直垂の上衣の裾を少し持ち上げ、青蘭に見せた。押さえていた場所より少し下、獣の半身へ変わるあたりに四角く折った晒《さらし》の布があててあり、細く裂いた晒の包帯で押さえている。荘助は自分で包帯を取り、あて布を外した。

青蘭は目を見開いた。

あて布の下には直径七、八糎《センチ》ほどの火傷《やけど》のような丸い傷があった。青蘭の着物や下知状や折本の表紙に入っている八輪の輪とそっくり同じ。まだ生々しく、所々に水膨れができていて、周囲は赤く腫れている。

「どうしたの、これ!?」

青蘭は大声をあげた。

直垂の裾をもとに戻して傷を隠し、荘助は苦笑をこぼす。

「これが現れた直後、あの声が聞こえた。内司殿がおっしゃることには、楠壮士と犬士の証しだそうです」

青蘭は思わず背後を振り返った。悌哉は明後日のほうを向いている。

「あなたも?」

答えはない。若者は無表情で背筋をぴんと伸ばして座っている。

代わって荘助が答える。

「同じ場所にありますよ。悌哉のほうが重症だ」

悌哉は振り向き、荘助を冷ややかに睨みつけた。

青蘭は再度驚く。

「ずっと我慢していたの?」

悌哉は顔を逸らした。

「……大丈夫だ」掠れた声が答える。「痛みはない」

「いや、痛いって」

荘助が口を挿《はさ》む。

「荘助」

明後日のほうを向いたまま悌哉は怒った声を発した。荘助は大きく肩をすくめる。

「俺は犬だからな。表情を取り繕っても尾は嘘つけないし」

悌哉はちっと舌を鳴らした。

青蘭は溜息をついた。そして悌哉はひとまずおいておき、荘助の後ろに回る。

「ごめんなさい」と声をかけ、直垂の裾を捲った。

改めて見る。痛々しい傷に自然と眉間に皺が刻まれる。焼き印のようだ。傷には触れずとも赤く腫れている外縁部にそっと指をあててみた。

「熱、持ってる」

痛みは相当だろう。

二人ともこんな傷を負った状態で、青蘭を連れに行き、鬼と戦い、昨日は伊豆国の光の宮へ付き添い、今日は一日旅を――。

「ごめんなさい……。私のせいだわ……」

「青蘭様？」

「こんな傷で……。出発は今日じゃなくてもよかったのに……」

自責の念に混じって怒りが涌いてきた。青蘭をこの世界に連れてきただけではなく、悌哉と荘助にもこんな酷い仕打ちを。

（世界のためならなにをしても許されると思ってるの⁉）

これは本当に人道的立場から日の巫女という人に一言がつんと言ってやりたい。

直垂の裾を持ったまま傷を睨んでいる青蘭に荘助は微苦笑を浮かべた。

「大丈夫ですよ。内司殿たちが持たせてくれた蘆薈《アロエ》がありますから」

「蘆薈？」

「これです」

荘助は外したあて布を見せる。干からびた半透明のものが貼りついていた。荘助は続いて打飼から油紙の包みを取り出す。

青蘭が開けると刺のある多肉植物の葉が数本入っていた。

「蘆薈は知っているけど……。傷薬としても使えるんですか？」

青蘭の持つ知識では整腸効果の高い食用だ。

「もちろん」荘助は笑顔で答える。「別名医者要らず。これさえあればどんな火傷も傷も、たちどころに治ります」

「どうすればいいのかしら？」

青蘭は一本手に取り、しげしげと眺めた。葉は肉厚で内部には水分をたっぷり含んだ半透明の車厘《ゼリー》状の物があるが、緑色の表皮は堅く、両端には鋭い刺がある。

「こうやって裂いて――」荘助は十糎ほど切り、刺を取ると、魚を開くように肉厚の葉を表と裏の二枚開きにした。「あとは匙《さじ》で中味を出せば」

「新しい晒が必要ね」

「あります。内司殿が荷の中に入れてあるからとおっしゃっていましたから」

「そう。じゃあ清潔な匙を借りてくるわ。それに冷やしたほうが痛みが軽くなるはず。郡司さんに言ってきます」

青蘭は立ち上がった。

「俺が」

荘助が慌てて腰を上げる。

「駄目です。怪我人はじっとしていて」

笑顔で答え、青蘭は悌哉に向き直った。そして一転して厳しい声で、

「あなたも。痩せ我慢してないで、上衣を脱いで、包帯を外しておいてください」

端整な若者はばつが悪そうな顔をした。青蘭は動じない。腕組みして仁王立ちし、冷ややかに見下ろす。

「………」

悌哉は無言のまま直垂の上衣の紐に手をかけた。荘助が「きしし」と笑う。悌哉は横目に睨みつける。

「喧嘩は駄目です」

青蘭は言い置いて、下段の間へ下り、庭に面した廊下に出る襖を開けた。

その時だった。

突然、荘助が叫んだ。

「鬼だ！」

青蘭はびっくりして振り返った。

直後、屋根の上で物音がした。反射的に見上げる。

なにかが篝火が焚かれた庭に飛び降りてきた。

筋骨隆々の身体に大きな頭。緑とも灰色ともとれる肌の色。異様に膨れた腹。

鬼だ。だが二日前に見たそれよりもっと不気味な形をしている。篝火の灯りに浮かんだ顔や肩や腕は皮膚が焼け爛《ただ》れて、肉が垂れ下がっている。まるで幽鬼のようだ。

青蘭は恐怖で硬直した。全身の肌が粟立ち、心臓がぎゅっとつかまれる。

瞼が溶けて塞がりかけた目が空《うつ》ろに青蘭を捉えた。

「きゃあああっ！」

悲鳴が口をついて出た。

悌哉と荘助が刀の鞘を握って駆け出してきた。

「下がれ！」

突っ立っている青蘭の腕を引き寄せて部屋の中央へ下がらせ、悌哉は前に出る。その間に荘助が庭に飛び出す。

「出合え！」青蘭を背にかばいながら悌哉は大声を張りあげた。「鬼だ！　出合え！　出合え！」

「鬼だと⁉」

城の奥がにわかに騒がしくなった。

「里の巫女様のおられる鷹の間のほうだ！」

人を呼ぶ声と大勢の足音が聞こえる。

悌哉と荘助は刀を抜き、構えた。

「こいつ、はぐれ鬼だ」

「ああ」荘助の言に悌哉は同意する。「意地汚く夜明けまで喰い続けて、岩屋に戻りそびれ、朝日を浴びたか」

「だろうな。顔が溶けてやがる」

「美味そうな匂いだ」ねちりとしわがれた不気味な声が悌哉の背に隠れた青蘭の耳に届く。「邪魔をするな。それを喰わせろ」

「ふざけるな」

悌哉は低く言い放つ。

樟脳のかすかな匂いが青蘭の鼻孔を掠めた。目の前の悌哉から香っている。

「喰わせろぉぉぉ」

地の底から湧いて出るような咆哮をあげて鬼が悌哉に飛びかかってきた。

青蘭は思わず目を閉じる。

間近で金属音が鳴り響く。

「くっ……」

悌哉が呻いた。青蘭は目を開ける。

悌哉は刀で鬼の爪を受け止めていた。

目の前に大口を開けた鬼の顔が迫る。耳まで裂けた真っ赤な口の中に鋭い牙が上下合わせて四本見えている。腐った臭いが鼻をついた。

「きゃあああっ」

青蘭は悲鳴をあげる。

「野郎！」

荘助が後ろから飛びかかった。

鬼は真横に跳び退る。筋肉に覆われた巨体なのに素早い。

「ちっ！」

一撃を逃した荘助は舌を打つ。

鬼が再び突進してきた。荘助が受け止める。悌哉は横から斬り込む。

すんでのところで鬼はかわした。

「邪魔をするなぁっ。そいつを喰わせろぉぉっ」

「きゃあああっ！」

襖を押し倒して鬼が室内に入ってきた。悌哉がすかさず青蘭の前に出る。

鬼がくる。刀と爪がぶつかり合い、火花が散る。

「臭《くせ》え」鬼は濁った目で悌哉を見据え、ぼそりと呟いた。「おまえは臭え」

「臭いのはおまえだろうがっ！」

悌哉は渾身の力で刀をはらった。

「でやあっ」

すかさず荘助が横から斬り込む。鬼はこれもかわすと庭に飛び出た。

「俺から離れるな！」

悌哉が鋭く叫んだ。

「は、はいっ！」

青蘭は頷く。

悌哉と荘助は青蘭を護って防戦するが、鬼は素早い。荘助の跳躍力にもひけをとらない。

大勢の人間が廊下をどかどかと走ってくる足音が聞こえた。

「放てっ！」

「ぎゃあああっ！」

悌哉の刃をかわして庭に下りた鬼が絶叫をあげた。半身に矢を浴びている。

「射てっ！　射てっ！」

射手に容赦はない。廊下に一列に並んだ弓から太い矢が一斉に放たれる。

鬼は全身に矢を浴びて地面に倒れた。

屈強な男たちが太い槍を握って庭に飛び降りた。

「見るな！」

悌哉が叫ぶ。青蘭はぎゅっと目を瞑《つむ》った。

鬼の断末魔の咆哮が夜空に轟く。

静かになった。

青蘭はそろそろと目を開けた。

小袖に短袴装束の屈強な男たちが地面に倒れた鬼を囲んでいる。灰緑色の肉体はぴくりとも動かない。たくさんの太い矢と何本もの極太の槍が突き刺さっている。

青蘭は息を呑んだ。我知らず、目の前の直垂を握りしめる。

悌哉が肩越しに振り返った。

「大丈夫か？」

静かな口調で問いかける。

青蘭はそろそろと目線を上げた。間近に端整な顔がある。澄んだ大きな瞳が青蘭をじっと見つめている。

恐怖心に囚われながらも青蘭は首を縦に動かした。

悌哉は頷き返し、顔を正面に戻した。鬼が死んだことを確認している郡司の家来たちの様子を見守っている。視線は鋭い。まだ警戒を解いていない。

青蘭は視線を下げた。悌哉の手には抜き身の刀が握られている。

再び悌哉の顔に目を戻した。赤々と燃える篝火に照らされた繊細な容貌に同居する精悍な男の顔。

目が惹きつけられる。胸の奥で何かが浮き立つようにざわざわと騒いだ。恐怖心が薄らいでいく。代わって甘いざわめきが心を占める。

馴染みのない感覚に青蘭は戸惑った。ずっと顔を見ていたいのに見ていられなくて、視線を下ろす。

目の前に直垂を身につけた背中があった。触れてはいないのに硬い筋肉の存在を感じる。そこに身を寄せたい欲求が沸き起こった。青蘭は指を握りしめて堪《こら》える。

酷い怪我を負っているのに、命がけで青蘭を護ってくれた。

「……ありがとう」

青蘭は小さな声で礼を言った。

悌哉が再び肩越しに振り返る。なにがと問うている瞳に青蘭は目を合わせ答えた。

「護ってくれた」

悌哉がほんの少し笑みを浮かべた。

初めて自分に向けられた微笑。胸が高鳴る。しかし次の一言に青蘭は沈んだ。

「これが役目だ」

(役目……)

荘助が室内に戻ってきた。

「城内の侍が駆けつけてくれて助かったな」

「ああ」

恐ろしい状況に遭遇しても二人の様子はいつもと変わりない。

郡司の家来たちが鬼の死体を運び出す様子を荘助と二人で見守っている悌哉の背後で青蘭は視線を落とした。

(あなたにとって私は……?)

第五章　上州路

一

街道には村や郡司《ぐんじ》の居城がある城下町のほか、頑丈な土塀に囲まれた宿場町があり、小さな宿場でも十軒以上の宿屋がある。

この世界で野宿は死の危険を意味する。街道を往来する旅人は、夜は必ず宿場に身を寄せる。しかし青蘭《せいら》たちは泊まらなかった。出発前、命婦《みょうぶ》から「宿泊は必ず郡司の城で」と厳命されていた。その理由を青蘭は身分制によるものと考えていたが、初日の柴山の件で意図を悟った。命婦は鬼が出た時のことを案じていたのだ。郡司の居城ならたくさんの侍がいる。青蘭の身を護る兵隊が大勢いるということだ。

日のあるうちは、鬼の襲撃を恐れる必要はない。しかし夜は別だ。命婦は「日が沈む前に必ず城郭の中へ入ること。道程には余裕を持たせるように。無理は絶対禁物です」と、悌哉《ともや》と荘助《そうすけ》にくどくど言って聞かせた。

人間が徒歩で進む距離は一時間でおよそ四粁《キロメートル》。馬の常歩《なみあし》なら約六粁。荘助の歩みは馬と変わりなく、休憩を挟んで一日に四十粁から五十粁進むことが可能だ。

一日の行程は毎朝、悌哉と荘助が決める。二日目は佐倉、臼井と二つの城下町を通り、夜は栗原で宿泊した。栗原では幸い鬼は出なかった。

そして三日目。

「今日は鳩谷を通り、行けるなら川越まで」

「そうだな」

悌哉と荘助が街道絵図を見ながら相談している。青蘭は横から絵図を覗き込んだ。倭《やまと》と下総国《しもうさのくに》の光の宮がある犬吠埼を上下の中心にして、輪の形をした日本《ひのもと》の一部が描かれている。外海側は陸前国《りくぜんのくに》の光の宮がある宮城県牡鹿半島から左は静岡県の浜松辺りまで、日本海側は新潟県の全域。

青蘭たちが向かっているのは越後国《えちごのくに》の直江津《なおえつ》。そこから倭へ渡る船が出ている。

絵図には複数の街道とたくさんの城下町や宿場町の地名が記してあった。郡《こおり》の数は全国に七百程度あるという。つまり日本《ひのもと》には郡司の居城が置かれた城下町だけでもそれだけの数があるということだ。宿場町はその数倍に及ぶ。

栗原という地名に憶えはなかったが、記された位置から青蘭は千葉県の市川か船橋だと推測した。街道は小岩、亀有といくつかの宿場町を通って鳩谷へと続いている。

青蘭は思い切って二人に声をかけた。

「鳩谷へ向かう前に寄りたい所があるんですが」

「寄りたい所？」

悌哉と荘助がけげんな表情で振り返った。


漁師に案内されて青蘭たちは深川郷の堤防へ上った。

眼下には葦原が広がり、近くに海が見える。そこは日比谷の入江と呼ばれている。

「あれが神田山。あちらが江戸様のお城と城下町」

漁師が川の対岸に見える低い山と台地の上に築かれた城郭を指差して説明する。城壁の奥に小さな天守閣が見える。

青蘭は対岸一帯を見渡した。日比谷の入江に沿って台地が続く。崖の下には松の林と狭い浜が長く延び、浅瀬ではたくさんの小さな手漕ぎの漁師舟が漁をしている。

風光明媚な海辺の光景。それは青蘭が知っているものとは大きく違う。地形も異なっている。青蘭は台地の形を参考に、懸命に目的の場所を推測した。

「どうしてこんな所へ？」

対岸を見つめたまま動かない青蘭に悌哉が問うた。ここは鳩谷に向かう街道から大きく外れている。名所旧跡のたぐいもない。隅田川に沿って湿地が広がる中に漁村が点在する河口だ。

青蘭はあたりをつけた場所を指した。

「あそこに私の家がある……」

悌哉も荘助も漁師もけげんな顔をする。当然だろう。青蘭が示したそこは海の中だ。

青蘭は説明する。

「浅瀬を埋めて陸地を作り、町を作ったんです」

「そんなことをしたら、儂ら魚が獲れなくなっちまう」

漁師が真顔で訴える。

「そうですね……」

青蘭は静かに同意した。

（パパ……、ママ……）

突然いなくなって心配しているだろうか。

この地に立ち、帰りたい気持ちがいっそうつのる。

空を見上げた。

水面《みなも》が揺らめく空。あの向こうに家族がいる。

（パパ！　ママ！）

青蘭はここにいるのに。暮らしていた場所も見えているのに。その場所は遠い。注がれる視線に気づいて青蘭はそちらへ顔を向けた。痛みを覚えたような表情で悌哉が見ている。

いつもは目が合うとすぐに逸らすのに、今はそうしなかった。まるで楠壮士《なんそうし》として青蘭をこの世界に連れてきた、青蘭を家族や日常から引き離したその罪を噛みしめるかのように。

（あなたのせいじゃない）

心の中で青蘭は告げた。

悌哉も酷い傷を負い、突然楠壮士にされた被害者だ。それでも青蘭につき従い護ってくれている。大切な女《ひと》を廓に一人残して。

両親に会えない辛さとはまた別の痛みが胸を襲った。それを心の奥に押し込め、青蘭は視線を景色へ戻す。そして明るい声で言った。

「富士山、見えないんですね」

「富士山？」

悌哉に荘助までもが鸚鵡返しで訊ねる。

「見えるわけがない」

自責の念を顔に刻んでいた悌哉が青蘭同様に雰囲気も一転させ居丈高な口調で言い

放った。

「どうして?」

青蘭の家の窓からはあいにく林立する高層建築物《タワービルディング》にさえぎられて見えないが、都心は高台に上れば南西の方角遥か彼方に富士山の頂がよく見える。

「倭はまだ遥か先だ」

「倭? 富士山は静岡にある山でしょう?」

「静岡?」

今度は悌哉のほうが訝しげな顔をする。地名が異なると青蘭は気づいた。

「えっと、甲斐とか伊豆でいいのかしら……」

「富士は倭にある山の名だ」

悌哉は呆れた表情で答える。荘助も漁師も悌哉の言葉に頷いた。

青蘭は驚いた。日本列島の形だけでなく、地形や地名も違っている。

(そうね……。ここは日本だけど私が知っている日本じゃない……)

改めて痛みと淋しさが押し寄せてくる。負の沼に沈み込むのを防ぐために青蘭は悌哉に目を向けた。そのままじっと見つめる。

悌哉はたじろぐ。それを見て青蘭は目線を合わせたまま言った。

「あなたの言いかた冷たいわ」

「俺のどこが」

悌哉は狼狽している。

「全部」青蘭は唇を尖らせ顎をあげる。「傷の痛みで不機嫌なのはわかりますけど、私はこちらのことをなにも知らないんですもの。もっと優しく教えてくれてもいいと思うわ」

「や、優しくって」

悌哉はしどろもどろになっている。日に焼けた肌理細かな肌が一気に赤く染まった。

荘助が噴き出した。

「不器用な奴なんで」

「おいっ」悌哉は睨む。「もういいだろうっ。行くぞ。鳩谷まで距離がある。日暮れまでにつかないと」

早口に言うと身を返し、馬を置いている漁村へ、一人で戻って行く。

青蘭と荘助は顔を見合わせた。荘助はひょいと両肩を上げる。

青蘭は急に心配になった。

「怒らせたかしら？」

「大丈夫ですよ」荘助は笑顔で答える。「照れているんですよ。青蘭様ほどの美しいおかたに間近で見つめられたら、大概の男はうろたえてしまいますって。いや、あの攻撃は刀や槍より効くなあ」

隣で漁師が首を縦に振っている。

荘助は悪戯っぽく笑った。

「青蘭様、さっきのわざとやったでしょ」

「どうかしら？」

青蘭は小首を傾げる。

荘助は漁師に視線を向けた。青蘭や悌哉や荘助の父親くらいの齢の漁師は訳知った顔つきで手を振り、

「女は怖《こえ》えもんだ、お若いの」

荘助は大きく頷く。

青蘭は薄く笑った。荘助の推察どおり、連れてこられたことについて二人を責める気は微塵もないが、菖蒲《あやめ》という女《ひと》についてのちょっとした意地悪だ。

「おい、いつまで喋っている！」

悌哉が堤の下で怒鳴る。

青蘭と荘助は並んであとを追った。

二

上野国《こうずけのくに》までやってきた。

行く手に高崎の城下町が見えている。ここまでは平野が続き、街道は整備されていて、歩きやすかった。天候にも恵まれた。鬼に襲われたのも最初の柴山だけである。

右に赤城山と榛名山、左前方に妙義山を望みながら進む一行の周囲には豊かな農地が広がっていて、畑では日差しの中、百姓たちが鍬をふるっている。

「いいお天光様だ。こんなにいい天気は久しぶりじゃないか」

「ここ数年、冷夏続きで、収穫が落ちていたからな」

里の巫女は齢を取らないが、寿命が近づくと肉体が弱り病気になりやすくなる。先の下総国の里の巫女は、高齢からくる長患いで臥せっていたそうだ。その間、下総国の光の宮を中心とした関東甲信越一帯は不漁不作が続いたという。

「ありがたいことだ」

里の巫女が交代したことを百姓漁師が知るよしもないが、甦った晴天に民の表情はいずれの地でも明るい。もっとも当の里の巫女である青蘭は複雑だった。しかし今はその思いを呑み込み、倭を目指して進む。

これから碓氷《うすい》を越えて信濃国《しなののくに》へ向かう予定だ。

「傷はどう？」

青蘭は荷駄馬を引いている荘助に声をかけた。

「大丈夫です。おかげさまで痛みも引きました」

青蘭の鞍の隣を歩く荘助は清々《すがすが》しい笑顔で答える。

朝晩、新しい蘆薈に取り替えている。葉は内司《ないし》たちが倭までの日程以上に持たせてくれていたが、郡司の城で頼むと、どこでも瑞々しい切り立てを持ってきてくれた。医者要らずの別名のとおり、火傷や切り傷、虫刺されから胃腸の調子を整える万能薬として、城の庭から村の百姓の家までどこでも栽培しているらしい。

「よかった」

微笑みを浮かべて答え、青蘭は顔を前に向けた。視線の先には悌哉の背中がある。荘助は痛みが引いたと言ったのに、悌哉は相変わらず必要な時しか青蘭と口をきかない。街道は充分な幅があるのに、轡を並べることも稀で、いつも前か後ろを歩いている。身体の大きい馬が縦に並ぶと距離ができる。しかも近づきすぎると警戒して後ろ脚を蹴り上げるので距離を取らねばならない。となれば青蘭も話しかけづらい。

笑顔もめったに見せない。ただしそれは青蘭に対してだけだ。護衛といっても寝室は別で、青蘭は毎夜、城で一番上等の部屋に一人で、悌哉と荘助は大抵襖を隔てた続きの間で寝ている。彼が荘助と二人だけの時は、時々冗談を言って笑っているのを、青蘭は知っている。

振り返らないかと思いながら見つめていたが、願いは届かなかった。

青蘭は視線を落とした。

(あの女《ひと》がいるのはわかっているけど……)

鬼が襲ってきた時は痛みを抱えた身体で命をかけて護ってくれる。しかしそれは彼にとって楠壮士としての役目なのだ。淋しさが胸をよぎる。

(里の巫女と楠壮士は互いに恋に落ちやすいって話だったのに)

すべての組があてはまるわけではないと馨は言っていた。青蘭と悌哉はそちらのほうだったのか。

せめて轡を並べて普通に話がしたいと思う。

なぜか今更に南部を思い出した。青蘭が迷惑がってみせても、言い寄ってきた彼。

(想わぬ人に想われて、想う人には想われず)

皮肉な状況に、青蘭は揺れている馬の白い鬣《たてがみ》へ溜息を落とした。

三

日が落ちる前、その日の宿泊地、安中《あんなか》に着いた。碓氷峠まではまだ二十粁ほどあるが、峠前の最後の城郭町である。

安中は低い山間《やまあい》に築かれていた。町の規模は小さく、城壁の向こうに見える天守閣も大きくない。城門前にはほかの城郭町同様に屈強な番兵が立っている。

「狗《いぬ》じゃねえか」

「なんだ、おまえら」

番兵に絡まれるのは毎度のことで青蘭も慣れた。背筋を伸ばし、馬上から泰然とした眼差しで厳《いか》つい風貌の男たちを見下ろし、悌哉の応対を待つ。

悌哉もいつものように動じることなく、直垂の懐から命婦より預かっている下知状を取り出し、自分より遥かに屈強な男たちの眼前に突き出した。

「口を慎め。こちらは下総国の里の巫女様だ」

番兵たちはぽかんと口を開けた。

悌哉は冷ややかに言を続ける。

「宿を願う。早急に郡司殿に取り次ぎを」

男たちは顔を見合わせた。

「どうする？　里の巫女様だってよ」

「と、とりあえず番長《ばんかみ》に報告したほうがよくねえか？」

「そ、そうだな。お、おい、おまえら、ここで待ってろ」

こそこそと相談していた番兵たちは三人に向き直ると居丈高な口調で言い置き、一人が城門の中に駆けていった。残った者は槍を握って偉そうに仁王立ちしているが、内心の動揺は明らかだ。

にわかに城門の中が騒がしくなった。

言われたとおりに門前で待つ青蘭と荘助は目を見合わせ、こっそりしのび笑いをこぼした。悌哉も口の端がかすかに上がっている。

そんな表情を見られて青蘭は嬉しかった。きりっとした顔もいいが、悌哉は笑顔が似合うと思う。

ほどなく男たちが駆け出てきた。同時に馬に乗った男が町中を走る街道を城に向けて全速力で駆けて行くのが見える。

出てきた門番長らしき男は見上げるような巨漢だった。

「し、失礼つか、つかまつった。どうぞお、お通りを」

武骨な顔に大汗を浮かべ、粗野な挙措を精一杯正して使い慣れない敬語を使う。

「ありがとう」

青蘭は微笑を浮かべ礼を言い、馬に乗ったまま城門を潜った。

どこの城郭町でも城門のそばには廓があり、女郎宿が建ち並ぶ。安中も街道の左右に格子が立つ。

「お哥《にい》さん」

襟を大きく抜き、白粉《おしろい》を塗った女たちが青蘭たちの馬のそばへやってきた。

大抵の町は、女郎は格子の中にいる。ここ安中の廓も格子の木戸には男たちが立っているが、客引きの女郎たちが門を出入りしても咎めない。

「まあ！　いい男だねえ！」

悌哉を見て歓声があがった。

「お哥さん、お哥さん、遊んでいきなよ！」

「お安くしとくよ！」

黄色い声が辺りを包む。

荘助にも客引きの手が及んだ。

「まあまあ！　狗がお侍の格好してるよ！」

「狗でもいいよ！　こっちもいい男だ！」

「ねえお哥さん、遊んでいかないかい！」

「ええい、下がれ！」

三人を先導する門番長が横柄に追い払う。

「なんだいっ！」女郎たちは目くじらを立ててがなりたてた。「あたしらに命令できる立場か！」

「つけ払いなっ！　文無しの熊達磨《くまだるま》が！」

「女は愛嬌、男は器量さ！　あんたなんかこの狗のお哥さん以下だよ！」

女郎たちの逞しさに青蘭はちょっと感動した。現代の日本では空気を読み、周囲に合わせることが求められる。特に今の十代は電子世界では自由に発信するが、現実社会ではなにも言わない。口喧嘩などありえない愚行だ。

青蘭たちの前で女郎たちに馬鹿にされた巨漢は血管を浮き上がらせて憤慨する。一方、悌哉はまとわりつく女郎たちに困惑をみせていた。反対に荘助は笑顔で、ふさふさの長い尾が左右にぱたぱたと動いている。

対照的な二人に青蘭はこっそり笑みをこぼした。


城に着いた。

小さな城館だが、郡司はなかなか現れず、馬を下りた三人は玄関先で立ったまま待たされた。これは初めてだった。ここまでの城下町では、郡司は間に合わずとも、重臣たちが門前まで出迎えにきていたが、それもない。いるのは下足番のみである。

「いつまで待たせる」

悌哉が厳しい声で催促する。

「里の巫女だと？」ようやく出てきたのは、背は低いが横幅はでっぷりで、髪の毛の薄くなった中年男だった。「奇妙な顔だな。本物か？」

男は上がり口の上から青蘭を見下ろし、横柄な口調で言った。背後には大勢の家来を引き連れている。

青蘭は眉をひそめた。この世界には電化製品がない。木版印刷や瓦版はあるが、里の巫女の顔が世間に出ることはまずない。ここまでは命婦が持たせてくれた下知状だけで人々はひれ伏したが、本物の里の巫女と証明できるようなものなど――。

（どうしよう……）

「郡司殿か？」

青蘭はちらりと悌哉を見た。

端整な顔貌は動じていない。

若者は毅然とした態度で訊ねる。

「そうだ」

男は横柄に答えた。

「本物であられる証拠は？」

「なっ⁉」男は目を見開き、絶句した。「ふざけるなっ。儂を誰だとっ――」

「では」悌哉は下知状と折本を差し出した。「里の巫女様におかれては倭へ向かう旅の道中である。一夜の宿を願いたい」

折本にはこれまでに宿泊した城の郡司たちの名前と日付が書き記されてあり、朱印が押されている。それを見た郡司の顔つきはさすがに変わった。

改めて青蘭と悌哉に目を向ける。

悌哉は凛と立っていた。どこに行ってもおおいに女性を沸かす甘く繊細な顔だちで身体の線も細いが、精神力は強い。年上の郡司と大勢の侍を前にしても微塵もひるまない。それを見て青蘭も泰然と郡司を見返す。

郡司の顔に動揺が走った。前髪の生え際が著しく後退し広がった額に汗が吹き出る。

「よ、よいだろう。滞在を許可する」

それでも家来の手前、居丈高な口調は変えない。そういう人間はどこにでもいるものだ。この郡司の場合は身分や権力しか誇れるものがないのだろう。先ほどの廓の女たちの言い分ではないが、外見はお世辞にも上等の部類とはいえない。

「感謝する」

悌哉は無用の争いを生まないよう、ここは一歩引いて礼を言う。外見だけでなく、人間性でも悌哉は郡司より上だ。青蘭も悌哉に倣い、会釈する。

だが青蘭と悌哉に続き、荘助が土間から上がろうとした時だった。

「狗風情が。人間様の座敷に上がろうなど。おまえは厩《うまや》だ」

郡司は横柄に言い放つ。

卑しめられた荘助ではなく、悌哉の顔に怒気が走った。

「そ――」

悌哉がなにか言いかけるのと同時に青蘭は言っていた。

「では私も厩で寝ます」

「な⁉」

悌哉が驚いた様子で振り向く。荘助も目を見開いている。

「青蘭様」

名を呼んだ荘助には答えず、青蘭は踵を返した。そして郡司の顔を横目で冷ややかに睨みつけ、

「犬士《けんし》は里の巫女の護衛。荘助あっての私です。荘助が厩でというのなら私もそこで休みます。なお今日のことは倭におられる日の巫女様、ならびにすべての里の巫女、上野国主《こうずけのくにのかみ》、さらに日本《ひのもと》中に公表しますので、そのつもりで。安中の郡司は私が厩で眠らざるをえないように仕向けたと」

権力には権力で。廓の女たちを見習い、青蘭は正面きって争う道を選んだ。

「ま、待たれい、里の巫女殿」

案の定、郡司は慌てる。青蘭は取り合わず、沓《くつ》脱ぎ石に片足を下ろした。

「里の巫女殿、里の巫女殿」焦った郡司が近づいてくる。「いや、田舎者ゆえ、ものを知らず失礼仕った。部屋を用意させるゆえ、三人でごゆるりおくつろぎくだされ」

一転し猫なで声で取り成す。言葉遣いは変わらず上から目線だが、家来の手前、譲れない一線はあるのだろう。気に入らないが、青蘭は、そこは聞き流してやることにした。青蘭とていつまでも無用の争いを続けたくはない。

「ありがとう」態度を変え、たおやかに礼を言う。「お世話をかけます」

「案内いたせ」

郡司が家来に命じる。

「はっ——どうぞこちらへ」

「ありがとう」

先に立って導く家来に続き、青蘭は身体の向きを変える。荘助が嬉しそうな微笑みを寄越した。青蘭も口元を緩める。その隣で悌哉だけは無表情な顔で青蘭をじっと見ていた。


出迎えは最悪だったが、通されたのはこれまでの郡司の城と同じく、上段と下段二間続きの最上等の部屋だった。

「ありがとうございます」

案内の家来が出て行き、三人だけとなったところで、改めて荘助が礼を言った。

「当然のことをしただけ」

青蘭は笑顔で答えたが、前に控える悌哉はなぜかまだ微妙な表情をしている。

「どうしたの？」

「いや……」

青蘭の問いにも抑揚のない口調で答える。

「でも……」

不機嫌は明らかだ。そういう時、悌哉は目を合わせようとしないのだ。

「なにを怒っているのですか。理由を言ってくれないとわからないわ」

この種の質問にはいつも返事がないのだが、今回、悌哉は視線を向けてきた。

青蘭は内心驚くと同時に、端整な顔とまっすぐな視線にどきりとした。一日中一緒にいて、いいかげん見慣れたはずなのに、面と向かって見つめられると胸がざわめく。

「荘助をかばってくれたことは礼を言う。だが女は慎み深く、男に従い、意見など言わないものだ」

青蘭は呆気にとられた。

「つまり私が郡司に歯向かったのがいけないと？」

「いけないとは言っていない。だがそれは俺の仕事だ。里の巫女を護るために楠壮士はあるのだから」

　こういう時の悌哉の口調は冷たい。実際にはいつもと変わらないのかもしれないが、なまじ顔が整っているだけに、迫力があって、青蘭にはことさら冷たく聞こえる。それが悲しくて、つい反論してしまった。

「女はなにも言うなということですか⁉　それは差別です！」

　悌哉は黙り込んだ。青蘭は睨みつける。なにか言ってくるかと思ったが、悌哉は刀の鞘を握って立ち上がった。

「どこへ行くんですか」

　青蘭は刺々しく訊ねる。

「朱印帳を受け取ってくる。そろそろ書き終わっているころだ」

　悌哉は部屋を出て行った。

「なんなの、彼は……」

　残された青蘭は溜息をついた。悌哉がなにを考えているのかわからない。

　荘助が微苦笑をこぼした。

「気に障ったのでしたら俺が謝ります。すみません」

人獣は頭を下げる。青蘭は首を横に振った。

「あなたが謝る必要なんてないです。ただ……」

視線を落とす。

(女は慎み深く……)

そういえば、あの女《ひと》はそんな感じだった。ほかの女郎たちのように黄色い声をあげて騒ぐわけでなく、男たちに歯向かいもせず、ただ格子を握りしめてひたと悌哉を見つめて――。束の間見ただけだったが、その名のとおり廓の花の中でもひときわ綺麗で、波打って下がる花びらのようにたおやかで、されど芯は凛とした感じで。

(そういう人が好きなの……?)

同じ青い花。だが青蘭とは外見の印象も性格もおそらく違う。

「不器用な奴なんで」

耳に入ってきた荘助の声に青蘭は顔を上げた。人間と獣の二つの姿をした、人あたりのよさそうな若者は失笑をこぼし、

「青蘭様のご意見は正論だと俺も思いますよ。女は男に従うものだなんて考え、今時通らないでしょう。ただあいつは本当に不器用なんで」

「不器用?」

荘助は頷く。

「あいつはこう言いたかったんですよ。逆らって郡司のような手合いの男を怒らせるとどんな目に遭わされるかわからない。男として貴女をそんな危険に晒せない。そういう危険は俺が引き受けるから任せて欲しいって」

青蘭は目を見開いた。

「なんなのですか、それ……」

「貴女を護りたいと思っているんです、あいつ」

青年は青蘭の目を見つめ穏やかに答える。

「でも言葉足らずというか、照れ屋というか」荘助は苦笑を深め、頭を掻いた。「用件のみの会話なら構えずできるんですけどね」

「………」

「あいつ、剣の腕は一流だけど、女の扱いは下手糞に、も一つ糞がつくほど駄目なんです。防人の陣に来て以来、ずっと剣の稽古ばかりしていて、女人にどう接したらいいのかわからないんですよ」

青蘭は呆気にとられた。

（あんなにもてる容姿なのに……？）

実際、どこの城郭でも廓の女たちに騒がれる。

（それに菖蒲さんは……）

戸惑い、無意識に胸の前で指を握った青蘭に荘助は微苦笑を浮かべる。

「悌哉は気にしているんです。貴女を光の宮に連れてきたこと。だからなおさら青蘭様の顔が見られないでいる」

「それはお二人のせいじゃない。恨んでなんかいません」

荘助は首を横に振った。

「あいつは家族を亡くす痛み、悲しみを、身をもって味わっているから」

青蘭ははっとした。

(そうだった……。忘れていたけど彼のお兄さんは……)

その件について悌哉はなにも言わない。

青蘭は拳を握りしめた。

(辛くないはずがない……。でも私は自分のことばかりで……)

腰の印の件でも、悌哉は顔に出さず痛みに耐えていた。荘助に教えられなければ、青蘭は気づかなかった。

「……私、嫌な人間だわ……」

「青蘭様？」

「お二人は痛みを押してここまで付き合ってくれているのに、私は自分のことしか考えていない……」

「そんなことはない」即座に返事があった。「青蘭様は優しいかたです」

慰めに青蘭は視線を向けた。人獣の青年は穏やかに微笑《わら》う。

「俺をかばってくれた。ま、あの時の青蘭様には俺も少し驚きましたけどね」

「あなたも慎みのない無謀な女だと思った？」

「いやいや。強い女人、好きですよ。もっとも俺も好きな女の子には、なるべく危険を避けて欲しい、かな。俺だけじゃなく、自分の女には可愛くて控えめでいてほしいってのが、世の大半の男の想いだと思いますよ」

「ずるいわ」

青蘭は目を眇めて睨んだ。

「ですよね」荘助は頭を掻く。「でも青蘭様は本当、優しくて魅力的な人ですよ」

青蘭は思わず見つめた。その気持ちを読み取り、荘助は「違う違う」と手を振る。

青蘭は思い違いに失笑をこぼした。荘助も笑いながら、

「悌哉も失礼な発言だとわかっていると思います。ただ気軽に遊べる性格じゃなくて、女人に慣れてないんで。どうか赦してやってください」

人獣は頭を下げる。青蘭は犬の下半身と同じ短い虎毛に覆われた後頭部を見つめた。

頭を上げた荘助はその人のよさそうな顔に穏やかな笑みを浮かべ、

「悌哉は責任感が強くて、優しい男なんです」

「優しい？」

そうは思えないんだけどと、青蘭は心の中で呟く。不器用なのはわかったが、あの端整な顔で少し冷たい言いかたをされると、ことさら突き放されたように聞こえる。

納得しかねる青蘭の表情を読んで、荘助は静かに話し出した。

「悌哉は十《とお》の時に両親を亡くし、八つ上の兄貴に連れられてあの光の宮の鳥居前町にきました。鬼の岩屋がすぐ近くにある日本《ひのもと》の果てで防人になるなんて普通じゃない。青蘭様もお聞きになったでしょう。先だっては西の砦が全滅した。あいつの兄貴も含めて二十四人が死んだ」

荘助は苦い表情をした。

青蘭の胸も痛む。

（じゃあやはり彼のお兄さんは……）

「けど鬼の襲撃で兵衛が死ぬのは珍しいことじゃない。半数の奴は一年保たずに滅《き》えていく。生き残るのは運となにより戦う術を持つ奴。そのために剣、槍、弓の鍛錬をし、身体を鍛える」

「……………」

「悌哉も十の時から毎日毎夜ね」そこで荘助は青蘭を笑わせようとしたか、急に悪戯っぽい口調で言った。「あいつ見かけは細いですけど、脱ぐと結構いい身体してますよ」

「馬鹿」

青蘭は赤くなり、軽く睨んだ。荘助は声をあげて笑う。それからまた真面目な表情に戻って目を伏せ、

「鬼と戦うため、なにより生き残るため。血の滲むような努力を重ねた結果、あいつの剣の腕は陣でも最高になった。けど本当は、あいつは甘えん坊で、花や鳥や小さな獣が好きで、戦なんて嫌いな、心の優しい奴なんです」

そこで荘助は一度言葉を切り、顔を上げると青蘭の目を見つめ静かな声で続けた。

「あいつが今持っている刀、あれ、兄貴の形見なんです」

「形見……？」

「ええ……。あの日、俺たちが西の砦に着いた時にはもう兵衛は一人もおらず、砦には槍や刀や鬼が喰い残した人の亡骸が散乱していた。そんな中にあいつは見覚えのある刀を見つけた。相州《そうしゅう》の名刀貞宗《さだむね》。あいつの家に代々伝わる刀です。肘の所で喰い千切られた手が握りしめていた」

「………！」

壮絶な悌哉の体験に青蘭は言葉を失った。

どんな気持ちだっただろう。それを目にした時は。

(両親を亡くして、そのうえお兄さんまでも……)

悌哉も孤独な身の上なのか。悼《いた》みと同時に親しみのような感覚を覚える。

青蘭は話してくれた人獣に改めて目を向けた。

「仲いいんですね」

「兄弟同然です」答え、荘助は言を続ける。「俺は悌哉と時期も齢ごろも同じころに倭から連れてこられました。青蘭様もご覧になったように、防人には俺たち人と犬の姿を持つ者が数多く配備されています。兵衛としての能力のほか、俺たちは人より足が速く、馬や犬と違って人の言葉を話せるので連絡役として重宝されているんです。けれど、さっき郡司や番兵に狗と蔑まれたように、俺たちを見慣れている防人でも差別はあります。特に防人になるような男は訳有りの荒くれ者が多いから」

青蘭は眉をひそめた。

「でもあいつは出会った時から仲良くしてくれて」荘助はほのかに笑う。「俺が絡まれた時は猛然と立ち向かってくれたり。あとね、あいつ、子供《がき》の時分から美少年で廓の女たちに人気があって、兵衛たちによく使いを頼まれていたんですが、行くとお姐《ねえ》さんたちが駄賃だって饅頭《まんじゅう》をくれるんですよ。あいつは一個しかないその饅頭をいつも食べずに懐に入れて持って帰ってきて、半分俺に分けてくれるんです」

「いい話ね」

「ええ。俺たちは兄弟のように一緒に育った。あいつは本当に心の優しい男なんです」

（優しい男《ひと》……）

繊細な甘さと精悍さが同居する端整な容姿が脳裏に浮かぶ。胸が甘くざわめいた。

「だったら私にももう少し優しくしてくれたらいいのに」

青蘭は拗《す》ねる。

荘助は声をあげて笑った。

四

その夜、眠っていた青蘭は布団の上から肩を叩かれ目を覚ました。

室内は暗紅の闇に包まれていた。その闇の中、吐息が顔にかかるほど間近に誰かいる。目が見える。

悌哉だった。半ば覆いかぶさっている。

「いやっ……！」

青蘭は驚き、悲鳴をあげた。

「静かに」

押し殺した声で悌哉は囁く。

青蘭は厚く柔らかい絹の掛け布団から転がり出た。

悌哉は追ってこない。

部屋の両隅に灯されていた行灯がいつのまにか消えている。しかし布団の脇に膝をついた悌哉の姿が見える。閉めてあった続きの下段の間との間の襖が開いている。悌哉の姿を浮かびあがらせているのは、下段の間の先の庭に置かれた篝火の炎だった。障子越しに射し込む黄色い光が悌哉の白い着物をぼんやりと照らし出している。

「な――」

なにと訊ねようとして青蘭は男たちが慌しく怒鳴り合う声と遠くで鳴っている半鐘に気づいた。

「あれは……？」

「鬼だ」

青蘭は目を見開いた。

「動けるように身支度を。物音をたてず、急いで」

抑えた声で悌哉は指示する。

悌哉はすでに単の小袖の上に袴を身につけていた。荘助も起き出していて、刀を握り、篝火の庭に面した障子の前で警戒している。

青蘭は急いで枕元の着物を手に取った。万が一に備えて、すぐに動けるよう、着物や荷物はいつも枕元にまとめてある。

悌哉と荘助がいるがかまわずに後ろを向いて夜着の単を脱ぎ、闇の中、手探りで襦袢と小袖と袴を身につける。緊張と恐怖に胸がつまり、腰紐を結ぶ指が強張《こわば》る。

（焦っちゃ駄目）

鬼が出たのは最初の夜だけで、安心しかけていた。

（落ちついて、落ちついて）

最後に袴の後ろ紐を前で結び、向き直った。悌哉は布団のそばに腰を落としたまま警戒している。

青蘭は隣に膝をついた。

「灯りを点けなくていいんですか」

悌哉と荘助が寝ていた下段の間の行灯も消えている。灯りは庭の篝火だけだ。人や物の形はわかるが、足元や部屋の隅は見えづらい。

「障子に人影が映るとまずい」

悌哉は抑えた声で答えた。

青蘭は理解した。廊下からは室内の様子はわからない。だがこちらからは誰かが庭に面した外廊下を通ったら、篝火で障子に影が映る。

半鐘は鳴り続けている。城の中だけでなく、土塀の外、町の喧騒も聞こえる。

脳裏に柴山でのことが甦った。突然、屋根の上から飛び降りてきた鬼。大きく裂けた口、鋭い牙、膨れた腹。人を喰らう恐ろしくおぞましく異形のもの。

緊張感と恐怖心がじわじわと身を噛む。落ち着こうと青蘭は息を呑み込んだ。喉が大きく鳴る。

悌哉が振り向いた。

「怖いか」

声は落ち着いている。

暗蒼の闇の中、端整な顔が間近にあった。形のいい双眸が青蘭を見つめている。

護ると彼は言った。

（あなたを信じる）

青蘭は首を横に振った。

悌哉はほのかに口元を緩めた。だがすぐに表情を引き締め、視線を障子へ戻す。その手には兄の形見の刀が握られている。荘助も障子の前で警戒を続けている。

暗がりに身を潜めた三人は緊張感をまとい周囲の気配を窺う。城内からは命令する声や慌しい足音が聞こえてくるが、郡司やその家来は姿を見せない。

城内はいくつかの建物が高床の廊下でつながっている。三人がいる場所は一番奥の離れで、郡司とその家族が居住している棟や行政の場である書院とは少し距離がある。

どのくらい経ったか。

鳴り続けていた半鐘が止んだ。城の内外から聞こえていた喧騒も治まりだす。

「どうやら終わったらしいな」

悌哉が誰に言うともなく言った。荘助が振り返る。

「どうする？」

「もうしばらく様子をみよう」

そこから更に十数分、三人は耳をそばだて周囲の気配を窺った。

城の人間は相変わらず誰もこない。

騒ぎは小さくなっていく。

「行くか」

「ああ」

もう出ても大丈夫だろうと悌哉と荘助は判断し、三人は廊下に出た。

高床式の渡り廊下は所々に吊灯籠の灯りが灯っていたが、人の気配はなかった。

荘助が先行を務め、悌哉は青蘭の横についている。柴山の件があるので、三人は周囲を警戒しながら進む。

表の書院で大勢の声がしている。

入ると板床の続きの間を家来たちが慌しく出入りしていた。夜着姿の郡司もいる。立ったままで家来の報告を聞いている。

「鬼の数は六。定例に従い女郎十二人を差し出しました」

「それで鬼どもは？」

「女郎たちを抱えて帰っていきました。町民に被害はございません」

「そうか！」

明るい郡司の声と話の内容に青蘭は衝撃を受けた。夕刻見た女たちが鬼に――。

「なんてことを！」

郡司が振り返る。

青蘭は、女は意見を言うなと悌哉に言われたことを忘れて怒鳴った。

「それでも人の上に立つ者ですか⁉　人の命をなんだと思っているのです！」

「お言葉ですがな、里の巫女殿」郡司はせり出た丸い腹をさらに突き出し、ほとんど身長の変わらない青蘭を目を細めて見下す。「その町衆の命を護るためでござる。女郎を差し出せば、町の女たちは無事でいられる。村々の山羊と同じことですよ。まあ、里の巫女様は世間をご存じないのでしょうがなあ？」

青蘭は怒りに任せ睨みつけた。

「廓の女なら犠牲にしてもいいと？」

「鬼と戦えばよりたくさんの犠牲が出ましょうが。借金のかたに売られた女十二人を生かすために、里の巫女様は罪のない幼子や一家の大黒柱の男を犠牲にしろとおっしゃるので？」郡司は鼻で笑う。「だいいち鬼など滅多に出るものじゃございません。それが今宵にかぎって現れるとは。里の巫女様の匂いでしょうかなあ？」

「貴様っ」

悌哉が怒声をあげて青蘭の前に出た。荘助も睨んでいる。

しかし郡司は動じない。

青蘭は両の拳を握り締めた。

五

翌朝、早くに安中を発《た》った。

光の宮から安中まではほぼ平坦だった街道は緩やかな上りに変わった。一行は妙義山を正面に望みながら進む。

松井田を通り、昼前に坂本の宿場に着いた。坂本を過ぎると碓氷峠が始まる。

峠越えを前に、三人は坂本で昼食をとる予定にしていた。しかし坂本は昨夜、鬼の襲撃を受け、町には惨劇を物語る生々しい血痕がまだいたる所に残されていた。

悌哉と荘助は宿場での休憩を取りやめ、足早に通り抜けた。

結局、休憩は峠の途中で取った。

碓氷峠は峠とついているが、勾配は坂本側だけで、峠を越えた先の信濃国側には標高差はほとんどない。一方で坂本からは葛折りの急勾配が続く。旅人泣かせの難所である。そのため所々に休憩できる場所が設けられている。

三人はその一つで馬を止めた。

針葉樹と広葉樹が入り交じる緑豊かな山間の街道の縁に大人四、五人が腰かけられそうな大石があった。近くには沢もある。

荘助は水を飲ませに馬を沢へ引いて行き、残った青蘭と悌哉は弁当の包みを広げて昼食の準備をした。

荘助が戻ってくるのを待つ間、青蘭は安中の郡司の城でこしらえてもらった弁当に目をとめた。一人ずつ漆塗りの小振りの重箱に詰められた弁当は、上段には傷まないように梅干と紫蘇《しそ》を入れた白米のご飯、下段には鶏肉の照り焼きと卵焼きを主菜にたくさんの惣菜が彩りよく入っている。

昼は毎日、宿泊した郡司の城で弁当を作ってもらっている。青蘭が煮魚を好まないと知って、主菜は肉や卵を用いるように命婦が下知状に書き入れておいてくれた。仏教伝来がなかったこの世界では肉食は禁忌ではなく、牛や豚や鶏のほかに猪や熊や鹿、兎の肉も食べられている。乾酪《チーズ》や燻腿《ハム》が入っていたこともある。それに、焼く、煮る、蒸す、燻す、揚げると、青蘭にとって身近な調理法がほぼすべてあった。味付けも、見た目も手が込んでいる。

一生に一度経験できるか否かという里の巫女の来臨を受け、どの郡司の居城でも朝夕の食事と弁当は料理人が腕によりをかけてこしらえた料理が振る舞われた。横柄な安中の郡司もそれは変わりない。

一流料亭の仕出し級の豪華な弁当を毎日食べられる青蘭。対して人を喰う鬼に捧げものとして差し出された廓の女たち。

「どうした？」

弁当を見つめて動かない青蘭に気づいた悌哉が隣から訊ねてきた。

「私が旅をしているから……？」青蘭は暗く答えた。「私がこなかったら、昨夜、安中の廓の女《ひと》たちは……」

「偶然だ」

悌哉は即答した。

「でも」

「鬼は日本《ひのもと》のどこにでも出る。郡司が滅多に出ないと言ったのは、村や宿場を襲って腹が満たされているからだ。奴らも馬鹿じゃない。大勢の侍が護る城郭を襲うより、村や宿場のほうが容易《たやす》く食い物が手に入る」

「本当にそう言い切れるのですか」

「だったらやめるか？」

詰問に質問で返された。

青蘭はその顔を見つめる。

荘助は悌哉を優しい奴だと言った。しかしこういう時の悌哉の口調は冷たい。なまじ顔が整っているから、ことさら冷たく聞こえる。

青蘭は唇を突き出し拗ねてみせた。

「あなた、やっぱり冷たくて意地悪だわ」

悌哉の狼狽ぶりは明らかだった。

「貴女こそ出しゃばりじゃないか」

「落ち込んでいる人間に対して、それ、言いますか？」

「え、あ、いや」

追い討ちをかける青蘭に悌哉はさらにうろたえる。そして急に目を合わせようとしなくなった。逆に青蘭はひたと見つめる。

日に焼けてはいるが肌理細かな肌が耳まで赤く染まっている。甘さと繊細さの中に精悍な男の色香が同居する端整な貌《かお》。廓の女たちが騒ぐのがわかる。

体温が上がり、胸の奥がきゅんと甘く疼く。同時に切なく痛い。

青蘭は視線を落とした。

菖蒲を思い出す。格子を握りしめ、ひたと悌哉を見つめていた。楚々とした風情で抜群に綺麗な女《ひと》。悌哉はそういう女性が好きなのか。

（私は違う……）

「どうした？」

うつむいている青蘭に気づいて悌哉が再び問う。青蘭は思い切って心のもやもやを口にした。

「菖蒲さんはそういう女性なんですか」

「菖蒲？」悌哉は訝しげに問い返した。「どうして菖蒲が出てくるんだ？」

「恋人なんでしょ」

「は？　彼女は兄貴の馴染みだ」

「え？」

青蘭は顔を向けた。目が合う。悌哉も見返してくる。

澄んだ瞳。そこに西欧人の血を引いた娘が映っている。

青蘭は笑い出した。

「なんだよ？」

悌哉は戸惑っている。

青蘭は声をあげて笑いながら首を横に振った。

（そうなんだ）

雲が切れ青空が広がるように心が軽くなっていく。

「いったいなんなんだ」

逆に訳がわからない悌哉は不満げだ。

青蘭は笑みを収めると顔を向けた。間近からまっすぐ注がれる視線に悌哉は途端に赤くなり顔を逸らす。

「なんだ？」

戸惑いと羞恥を隠そうとして声が怒っている。

「ううん」

ちょっと悌哉がわかった気がする。荘助が言っていた不器用の意味も。

青蘭は空を見上げた。

木々の鮮やかな緑の合間に見える青い空。水面《みなも》が揺らいでいる。

「……帰りたいか？」

悌哉が静かに訊いてきた。

「ええ……」

青蘭は正直に答える。

帰りたい。それは変わらない。

（でも……）

顔を戻し、悌哉に視線を向けた。悌哉も青蘭を見ていた。しかしすぐに横を向く。

頬が薄赤く染まっている。

青蘭は微笑をこぼした。

「どうして空に海があるの？」

天海《あまみ》という。

話題ができたので悌哉はちょっと安堵したようで、顔を戻してきた。

「空に海がなかったらどうやって雨が降るんだ？」

「雨は——」

反論しようとして、青蘭はやめた。

「雨は、なんだ？」

悌哉は質問を重ねてくる。青蘭は拗ねた目つきをして下から悌哉を覗き込んだ。

「あなた、やっぱり冷たくて意地悪」

「な、なんだよ」

悌哉は耳まで真っ赤になり動揺している。

青蘭は笑った。

「おい」

悌哉は本気で怒っている。

青蘭は別の笑みをこぼした。

抜群に女にもてる容姿なのに、純情で不器用で。そんな悌哉の存在が理不尽な状況下にあって救いになっている。闇の中の光。青蘭にとって光の珠は悌哉かもしれない。

その時だった。

「うおおおおっ！」

静かな山間に野太い叫び声が轟いた。

六

荒くれた風体の男たちがまっすぐに青蘭たちのほうへ走ってくる。数は七、八人。手に手に槍や刀を握っている。

「ちっ」

悌哉は舌を打ち、素早く青蘭の前に立った。青蘭も急いで大石から腰を上げる。

やってきた男たちは道端の大石を背にしている青蘭たちを取り囲んだ。

「見ろよ。女だ」

「上玉の娘だぜ！」

青蘭は悌哉の背に身を寄せた。

「おっと仲のいいことで」

「相手は役者のようないい男だ」

「手に手をとって道行きか？」

男たちは下卑た笑いを浮かべる。いずれも真っ黒に日に焼け、顔は無精ひげに覆われている。半数は悌哉より背丈も横幅も上だった。何日も風呂に入っておらず、着ているものも洗っていないのか、その身体からは悪臭が漂う。

「なに用だ？」

悌哉は低い声で敢然と問う。

「なに用だとさ！」

身体は大きくないが、目つきは誰よりも鋭い男が仲間に向かって大きな声を張りあげた。ほかの者たちはどっと笑う。

言った男も薄く笑いながら、

「知れたことよ。女と身包《みぐる》み全部、寄越しな」

「なるほど。この峠を縄張りとする野盗か」

「わかったらさっさと娘と持ち物《もん》を出すんだな。素直に言うことを聞きゃ、苦しめずに殺してやってもいいぜ」

悌哉の背に隠れている青蘭は指を握りしめた。逃げようにも馬がない。悌哉からも緊張感が伝わってくる。その悌哉が肩越しに振り返り、落ちついた声で囁いた。

「俺の傍を離れるな」

「ええ」

青蘭は首を縦に振り答える。

悌哉は刀を抜いた。

「人は斬りたくない。去れ」

「お！」先ほどの目つきの鋭い男が仲間に向かってまた声をあげた。「若様、やる気だぜ！」

「女の前でみっともねえ真似はできねえよな」

男たちは下卑た笑いを浮かべる。

「なら仕方ねえよな」

「娘さん、怪我しねえようにこっちにおいでっ、と！」

野盗の一人が横から青蘭の二の腕をつかんだ。

「いやっ！」

青蘭は悲鳴をあげた。

「見るな！」

悌哉が怒鳴った。

青蘭は反射的に固く目を瞑る。

「ぎゃあっ！」

男の悲鳴があがった。同時に青蘭の二の腕をつかんでいる指から力が抜ける。

誰かの腕が青蘭の腰を横へ押した。青蘭は悌哉の身体にぶつかった。衝撃で目を開ける。目の前に悌哉の後頭部がある。腰に回されている腕は悌哉のものだった。青蘭をかばうように後ろ手に抱えている。

「わあああっ！」

横で男が絶叫している。

青蘭は顔を向けた。男は腹を一文字に斬られていた。押さえた傷口から真っ赤な鮮血が吹き出ている。青蘭は慌てて目を閉じ、顔を逸らす。

「野郎っ！」

仲間が一斉に怒声を発した。

「相手は若造一人だ！」目つきの鋭い男が吼える。「殺《や》っちまえ！」

すがりついている悌哉の背中がわずかに動いた。青蘭は瞼を上げる。

見たことのない引き締まった表情が目に入った。悌哉は鋭い眼差しで野盗たちを見据え刀をかまえている。気迫に押されたか、野盗たちは得物を振りかざしたものの、誰も先陣を切って斬り込もうとしてこない。

しかし所詮は多勢に無勢。しかも青蘭を護っている悌哉は自由に動けない。

「悌哉！」

荘助が駆け戻ってきた。

地を蹴る音に野盗たちがそちらに顔を向ける。

荘助は四肢で大地を蹴って高く跳び、野盗と悌哉の間に割り入った。手に抜き身の刀を握っている。

「狗っ⁉」

野盗たちは一斉に驚く。

「遅いぞ」

目は野盗たちを見据えたまま悌哉が文句を言った。

「すまん。馬を繋ぐのに時間がかかった」

悌哉に並び、荘助も刀をかまえる。

「で、どいつが頭《かしら》だ？」

荘助が問う。

「それだ」

悌哉は刀の先で目つきの鋭い男を示す。

「はっ」指された男は鼻で笑った。「狗公がなんぼのもんだ。一緒に殺っちまえ！」

「うおおお！」

野太い咆哮をあげて刀や槍を握った男たちが一斉に襲いかかってきた。

静かな山間に金属音が鳴り響く。

「ぎゃっ！」

悲鳴があがった。

「お頭！」

野盗が一人、地面に倒れていた。目つきの鋭い男だった。その首を荘助が前脚で踏みつけていて、そばに悌哉が血のりのついた刀を握って立っている。切先が男の鼻先にある。

「お頭！」

野盗たちが叫ぶ。踏みつけられている男は答えない。頚《くび》が不自然に曲がっている。

荘助が男の上から脚を退《ど》けた。男は動かない。口だけがぱくぱく動いている。

「失せろ」

悌哉が野盗たちに向かって鋭く命じた。

最初の威勢のよさはどこへやら、急速に戦意が萎えた野盗たちは、腹を斬られた男と倒れた男をかついで逃げ出した。

悌哉は血のりを掃《はら》って刀を鞘に戻し、振り返った。

「無事か？」

瞳から鋭さが消え、表情には気遣いが窺える。

「え、ええ……」

青蘭は恐怖に囚われながらも首を縦に振った。

悌哉は口元を緩めた。荘助も笑顔になる。

青蘭も微笑《わら》おうとした。しかし口元が引きつる。心臓はばくばくいっている。今になって膝が震えだした。だが三人とも無事だったことで安堵する。

とりあえず大石に腰かけようと青蘭は踵を返した。

「きゃっ」

硬直する。

痩せて、継ぎあてだらけのぼろぼろの着物を着た男の子が、青蘭が野盗の出現で地面に落とした弁当をむさぼり食っていた。土まみれの白飯、地べたに散乱したおかずを躊躇《ためら》いもせず、口に押し込んでいる。

青蘭の悲鳴を耳にして子供は三人の視線に気づき、弁当を残して逃げ出した。

「待て」

悌哉が呼び止めたが、子供は足を止めない。

「おっと」

荘助が獣の脚力で子供の前に飛び出し、両手を広げて行く手を塞いだ。

「わあああ！」

子供は叫び声をあげながら荘助の脇をくぐり抜けようとする。

「そうはいくか」

荘助は抱き止めた。

「放せっ！」

子供は暴れる。

「大丈夫だ」悌哉が背後から声をかけた。「怒ってない」

青蘭は驚いた。

悌哉は大石の上に置いてあった、まだ一口も食べていない自分の弁当を取り、子供に差し出した。

男の子は暴れるのをやめた。漆塗りの重箱を見つめ、それから悌哉を見上げる。

十歳ぐらいだろうか。ぼさぼさの髪、垢のこびりついた顔。しかし悌哉は嫌な顔を微塵も見せず、微笑む。

「持っていけ」

荘助の腕から解放された子供はおずおずと手を上げ重箱を受け取った。

「家族は？」悌哉は訊ねる。「一人なのか？」

「……婆ちゃんと一緒」

「そうか。暗くなったら鬼が出る。昨夜、下の宿場が襲われた」

「知ってる……」

「だったらそれを持って早く帰れ」

両手で重箱を持って子供は二、三歩後ずさる。

「ちょっと待った」荘助が呼び止めた。「こいつは婆ちゃんのだ」

もう一つの無事な弁当を少年の手の重箱の上に重ねる。

「落とすなよ」

「ありがとう」

二つの豪華な重箱を胸に抱き抱えて少年は山の中に駆けて行った。

悌哉と荘助はどちらも満足げな笑顔で互いに拳をぶつけ合った。

振り向いた悌哉が突っ立っている青蘭に気づき、口を開いた。

「すまない。昼は干し飯《いい》で我慢してくれ」

青蘭は首を横に振った。

「私は大丈夫。でも荘助が。今夜泊まる軽井沢まではまだかなりあるでしょう？」

青蘭と悌哉は馬に乗っているが、荘助は歩きだ。

「俺なら平気です」人獣は爽やかに答える。「最近、ご馳走ばっか食ってるので腹が出てきて。ちょうどいいですよ」

そして荘助は沢に置いてきた馬を取りに行った。

青蘭は地面の上に散らばっている、食べられなくなった食べ物を重箱に拾い集めた。

悌哉がやってきて手伝う。

急に青蘭の手が止まった。

「どうした？」

気づいた悌哉が問う。

青蘭は手にした、子供の歯型が残る土まみれの出汁《だし》巻きを見つめた。

「こんなので国連難民高等弁務官を目指そうだなんて」

自嘲が浮かぶ。躊躇も嫌悪も見せず、薄汚い形《なり》の子供に弁当を与えた二人。対して青蘭は子供のみすぼらしさに一瞬動けなかった。

「私、なにもわかってなかった……」

持たざる者の実態。

恵まれた環境で育ち、こちらにきても里の巫女として不自由のない旅をしていた。泊まるのは毎夜、郡司の館で、一番上等の部屋で寝て、豪勢な食事のもてなし。豪勢な弁当。正直なところ和食ばかりの食事に内心ではうんざりしていたほどだ。対して、町の人を護るために鬼に差し出された廓の女たち。土まみれの弁当を拾って食べる子供。けれど、それが青蘭が生まれ育った天海の向こうの世界とどう違うのか。違いなどない。向こうにも無理やり性の道具にされる女がいて、ごみ置き場を漁る子供がいる。しかしそういった人たちを援《たす》ける立場になろうかと考えていた青蘭は、実際その姿を目にした時、動けなかった。

青蘭は大石のそばに座り込み、膝を抱えて蹲《うずくま》った。

「わからない、もう自分が……」

倭に行って、日の巫女に会って、それでどうするのか。帰れないと言われているのに。

無常観が押し寄せる。

逃げたかっただけだ。現状から。国連難民高等弁務官を目指そうかと考えたのも、優しい人間だという賞賛が欲しかっただけかもしれない。

恵まれた家庭と南部に学内一の美女と言わしめた容姿に生まれ、努力で手に入れる優れた人格が欲しかった。両親と同じ企業弁護士になったら、美人で、頭が良くて、お金も稼げる――世間はそれを嫌味な女と言うだろう。ミスコンの二の舞だ。だから人格の賞賛が欲しかった。それに高等弁務官は国連職員だから給料が保証されていると知っていた。弁護士資格もあれば生活は充分成り立つ。もともと両親がそれなりのものを築いていているのだから。

（本当に嫌な女……）

自己嫌悪に陥る。

悌哉が隣に腰を下ろした。

「……俺の父は相模の国主に仕える侍だった」

青蘭の言っていることはわからないだろうが苦悩を察したか、唐突に話し出した。

「俺が十歳の時、父は横領の罪を着せられ、屋敷に役人がやってきて、両親は捕らえられ、一族郎党まで殺された。俺は八つ上の兄貴に連れられて屋敷を逃げ出した。しかし罪人の息子なので見つかれば処刑される。兄貴は俺を連れて追手から逃れ、下総国の鳥居前町で防人になった。頻繁に鬼の襲撃を受ける防人は常時人手不足で、どんな者でも受け入れてくれたので」

青蘭が見つめる中、悌哉は話を続ける。

「荘助は俺と同じころ両親から引き離され、倭から鳥居前町に連れてこられた。防人の兵衛にするために」

「…………」

悌哉が顔を向けてきた。そしてまっすぐ青蘭の目を見つめ、

「俺たちは三人とも今の自分になりたくてなったんじゃない。そこで生きるしかなかった。でもきみにはまだ可能性がある。帰りたいんだろう？　倭に行けば方法がみつかるかもしれない」

ほのかな笑みと共に手が差し出された。

「行こうか」

すらりとした形のいい指。しかしその掌は剣だこだらけだった。

（そうね）

未来も、自分がどうあるべきなのかもわからない現状の中、悌哉の微笑みは青蘭の希望の光――。

青蘭は差し出された手に自分の手を重ねた。

硬い掌。しかし青蘭の手を握ったそれは力強く、温かかった。

第六章　天《あま》の宮

一

越後国直江津は国府がある越後国の都で、城主は郡司《ぐんじ》ではなく国主《くにのかみ》である。内陸の城郭町は周囲を城壁に囲まれているが、直江津は港を中心に発展した町で、城壁は扇状に築かれている。

波穏やかな内海の日本海は別名を凪海《なぎのうみ》といい、海運が盛んである。船は牛馬より遥かに大量の荷物を一度に運べる。日本海沿いにはたくさんの港町がある。直江津はその中でも規模が大きく、港からは倭《やまと》への船が出ている。

「つつがなきご到着、祝着至極に存知奉ります、下総国《しもうさのくに》の里の巫女様」

城門に着いた青蘭《せいら》たちはこれまでと違い、信濃との国境《くにざかい》の関所からすでに一報を受け取っていた国府の役人による大仰な出迎えを受けた。そのまままいつもと同じように国主の城に直行する。

「ようこそお出でなされた里の巫女様」

城内で待っていた国主は、若い青蘭でも一目で民生より経済活動と国益増進に力を注ぐ人間だとわかる豪放磊落《らいらく》な風貌の壮年男性だった。しかしその分だけ行動も早く、すでに廻船《かいせん》商人を城に呼んでくれていて、話もつけてくれていた。運よく明日、倭行きの船があるという。

「乗せていただけますか？」

「もちろんでございます、里の巫女様」

紋付羽織袴で登城した廻船商人は畳に両手をついて頭を下げ恭しく答える。

「倭での宿の手配も頼むぞ」

脇から国主が口をはさんだ。

「心得ております」廻船商人は頷き、三人へ視線を向ける。「馬はこちらに置いていかれても問題ございません。向こうで必要とあらば、手代に用意させます」

「お手数をおかけします」

青蘭は一礼する。

「とんでもないことでございます」廻船商人は粛々と答えた。「里の巫女様に頭を下げられますと、私《わたくし》どもは身の置き場がございません。私ども日本海を行き交う廻船商人にとっては、里の巫女様のご加護あってこその無事の航海。厚く御礼を申しあげます」

深く頭を下げる。国主が豪快に笑った。

「今回の航海は磐石だな。その里の巫女様御自らお乗りいただけるのだから」

「誠にございます」

頭を上げた商人は目を細める。

聞いた青蘭は少し複雑だった。帰る方法を知りたくて倭へ向かっているのに、ここでも里の巫女の重要性を思い知らされた。里の巫女が亡くなると海も荒れるという。前に控える悌哉《ともや》がちらりと気遣わしげな眼差しを寄越した。大丈夫と青蘭も眼差しで応える。

国主が青蘭に顔を向け言った。

「ご入り用の物があればなんなりとお申しつけくだされ。この直江津にはありとあらゆる品が揃っております」

表情には自信と活力が溢れている。

「ありがとうございます」

青蘭はたおやかに礼を言った。豪胆な国主は満足げに頷く。

「長旅でお疲れであろう。大船に乗った気で今宵はゆっくり休まれよ」

心地よい潮風が吹き抜ける。

青蘭は天守閣の最上階にいた。

深川の堤防の会話を憶えていた悌哉が国主に、里の巫女様に富士山を見せてもらいたいと申し出て、国主は快く了承してくれた。

さすが一国の主の城だけあって、これまでの郡司の居城とは規模が違った。五重の天守閣からは直江津の港と日本海が一望できる。

港にはたくさんの弁才船《べざいせん》が停泊していた。その向こうには紺碧の日本海が広がっている。かなり低くなった天光からまだたっぷり降り注ぐ日差しに海面がきらきらと輝いている。

青蘭がこれまで抱いていた日本海とそれに面した地方の印象は、波が高い灰色の海に冬は雪が吹きすさぶ厳しい土地だったが、この旅では日本海に近づくほどに日差しは明るくなり、気候もよくなった。海の色も光の宮で見たより青い。天光を司る天《あま》の宮に近づいているからか。

「あれが富士山だ」

悌哉が水平線の彼方を指さした。

頂上に雪を頂く山が小さく見えている。山や島といった遮るものがなく、山腹の下のほうまで望める。

人獣の荘助《そうすけ》は倭の生まれだ。青蘭は訊ねた。

「どんなところ？」

「と言われましても子供《がき》だったので……」荘助は弱った顔つきで頭を掻く。「お山と樹海といくつかの村と人の住む大きな町と港と……。町には天の宮のお社があって、大勢の人間が参拝にやってきます。実際には天の宮は富士の山頂にあると言われているんですけど、お山は結界が張られていて誰も立ち入れないので、麓にお社を作ったそうです」

青蘭は再び海原に目を戻した。

碧い海と青い空。二つの海が繋がっている。その先に倭が、天の宮がある。

（あと少し……）

緊張、不安、期待。さまざまな感情が押し寄せる。

「町に出てみるか？」

不意に悌哉が言った。顔を向けた青蘭に端整な若者はまるで青蘭の胸中をわかっているかのように穏やかに微笑む。

「日暮れまではまだ少し時間がある」

二

三人で城下に出た。旅を始めてから町を散策するのは初めてである。日本海有数の港町だけあって町には活気があった。港近くには廻船問屋の大店が建ち並び、大勢の人やたくさんの荷車が行き交っている。

町中の通りには日本《ひのもと》各地から運ばれてきた品々を売る店が軒を並べていた。倭に近い佐渡や隠岐や対馬から届く珊瑚《さんご》。外海の琉球や小笠原からは昆布や塩漬けの数の子。酪農が盛んな十勝国《とかちのくに》や根室国《ねむろのくに》からは乾酪《チーズ》や乳糖飴《キャラメル》。ほかにも硝子、絹、錦絵、陶磁器、数多くの品が並んでいる。国主がありとあらゆる品が揃っていると言ったのも誇張ではない。

三人は通りをぶらぶらと歩きながら品物を見て回った。

「悌哉、路銀、余裕あるよな？」

荘助が言った。

「ああ」

悌哉は命婦《みょうぶ》から万一に備えての路銀を預かっていた。もっとも里の巫女から通行税を取れる郡司などいるはずもなく、ここまではほぼ金を使わず旅ができたので、まだかなり残っている。

「宮に戻ったら返すから、少し貸してくれないか？」

「なにをするんだ？」

悌哉は怪訝な顔で訊き返す。

荘助はちょっと照れた様子で、「会えるかどうかわからないけど、母さんに土産を」

青蘭と悌哉は顔を見合わせた。そして二人揃って微笑する。

改めて三人は荘助の母親への土産を求めて店を回った。

港周辺同様に町中の通りも大勢の人で賑わっている。夕暮れを迎えて安全な城郭町に宿を求める旅人の姿も数多く見かけた。道行く人は荘助を見て一様に振り返るが、狗《いぬ》と蔑む者はない。

「ここの人は荘助を見ても騒がないのね」

「見慣れてはいないだろうけど、珍しいものでもないからじゃないですか」青蘭の呟きに荘助は答える。「日本《ひのもと》へ送られる者は参詣の船に乗せられて港に上がりますし。俺もたぶんここに連れてこられました」

それは悌哉にも聞いた。荘助は防人の兵衛にするために両親から引き離されたと。

「家族は？　倭には誰がいるの？」

「親父とお袋と。一番上の兄貴と姉ちゃんは残っているはずだけど、二人とも俺が生まれる前に家を出てます。もしかしたら弟や妹が生まれているかもしれないけど、俺より上は誰も」

通りを歩きながら荘助は生い立ちを話し始めた。

「俺たちは犬の姿で生まれ、富士の麓の樹海を走り回って育つんです。倭に鬼は出ません。代わりに樹海には鹿や猪やたくさんの動物がいる。親父は腕のいい猟師で、俺たちは親父から獲物をしとめる技を教わりました。そして自在に変態できるようになると、男と女、それぞれ一人ずつを残して、残りは日本《ひのもと》へ送られる。国府とか、俺のように外海沿いの防人の陣とか。俺は親父とお袋の三回目の子供で、一緒に生まれたのは五人。俺たちは全員、同じ時に倭を出ました。そして別々の場所へ送られた。以来、兄弟とは会っていません。どこに行ったのかも知らない」

「それは淋しいわね……」

「でも悌哉がいましたから」

荘助は笑顔で答える。

「馬鹿野郎」

悌哉は照れくさそうに顔を赤らめ悪態をついた。

ほがらかに声をあげて笑った荘助はある店の前でふと足を止めた。そのまま店先に並んだ商品を見ている。

「櫛《くし》？」

「お袋が使っていたのは、親父が木を削って作った、飾りのない櫛だったから」

青蘭は微笑んだ。

「お母さん、喜ぶわ」

鼈甲、棟に細緻な彫り物を入れた柘植《つげ》や桜、鹿の角、漆塗りに蒔絵《まきえ》や螺鈿《らでん》や金銀象《きんぎんぞう》嵌《がん》を施したもの、さまざまな素材や細工の美しい櫛が並んでいる。

「どれも上物だ。お安くしとくよ」

店主は笑顔で薦める。

荘助は考えている。

悌哉が青蘭に合図を送って寄越した。青蘭は頷く。二人はそっとその場を離れた。

野盗の一件以来、悌哉の態度は少し構えていたところが取れた。

「あんなあいつは初めて見た」

真剣な表情で母親への贈り物を選んでいる荘助を、離れた場所から見守る悌哉は嬉しそうな顔をしている。

「本当に仲いいのね」

ほほえましいと同時に少し妬ける。そんな悌哉と荘助を見ていたくなくて視線を巡らせた青蘭はふと別の店に目を留めた。

商家と商家の間の狭い路地に露店が出ていた。藍色の布を敷いた板の上に小さな縮緬細工《ちりめんざいく》が並んでいる。

色とりどりの美しい小物に惹かれ、青蘭は吸い寄せられるように歩み寄った。悌哉もやってくる。

「いらっしゃい」

店主は三十ぐらいの女性だった。笑顔で青蘭と悌哉を迎える。

並べられた品物は髪飾りや帯留、巾着につける根付だった。

「買えば？」

見ている青蘭に悌哉が言った。顔を見た青蘭に悌哉は微笑む。

「路銀はまだまだ余裕がある。これくらいなら命婦殿も怒らないだろう」

青蘭は商品に視線を戻した。

「すべて町家や近隣の農家の女たちが内職でこしらえたものなんですよ」店主は説明する。「小間物問屋さんで出た端切れでね」

小さな布をつまんだように折り畳み、それらをいくつも縫いつけて、大小さまざまな美しい花をこしらえた縮緬のつまみ細工。

青蘭は一つ手に取った。Uの字の形の金属の棒がついていて、帯の間に挟むようにできている。袴に挿してみた。

「お似合いですよ」

店主は笑顔で褒める。

たくさんの色とさまざまな形の花がある。青蘭は手にした物を陳列に戻し、悌哉を見上げた。

「あなたが選んで」

「えっ⁉」悌哉は狼狽している。「す、好きなものを買えばいいだろう」

「駄目。選んで」

「そうですよ」

店主もくすくす笑いながら青蘭の味方になってくれる。

悌哉の困惑ぶりは誰の目にも明らかだった。二人から圧《お》されて渋々商品に向き合ったが、眉間に皺が刻まれている。恐ろしい鬼や野盗と向かい合った時は毅然としていたくせに、純で不器用な男だ。それでも真剣に選んでくれる。青蘭はそんな悌哉の優しさが嬉しかった。

荘助の言ったとおりだ。悌哉は優しい。富士山のことも憶えていてくれた。

「あ」

小さな声をあげて悌哉は一つ手に取った。

青地に白い桜が咲いている生地の外側に淡紅色の生地を重ねて作った八重桜だった。

「きみの名前の青と、八重桜は俺の故郷に咲いていた花だ。毎年、美しくて」

青蘭は渡された花を見つめた。

悌哉の大切な記憶の中の花。悌哉が青蘭のために真剣に選んでくれた花。

青蘭はにっこり笑った。

「ええ。気に入ったわ」

「よかった」

悌哉はつまみ細工のように顔を薄赤くして微笑む。

「お包みしましょうか」

「いいえ。このままいただきます」

青蘭はそのまま袴の帯に挿した。悌哉が金を払う。

「ありがとうございました」

店主の声に見送られて二人は店をあとにした。

袴の帯の上で八重桜が可憐に咲いている。

「おーい」

包みを手にした荘助が通りを渡ってやってきた。

「あれ、青蘭様、なにか嬉しそう」

「内緒」

青蘭は悪戯っぽく笑った。悌哉は顔を赤くしてそっぽを向いている。青蘭は内心、こっそり笑みをこぼした。

三人は城門の近くまできていた。この町にも城門のそばには廓があり、大勢の船乗りたちがやってきている。いつのまにか日は傾き、廓には灯りが灯っている。

「そろそろ城に戻ろう」

悌哉が言った。

「そうね」

「ちんたら歩くんじゃねえっ！」

突然、怒鳴り声が響いた。


見ると、大勢の若い女が人相の悪い男たちに連れられて城門を入ってきていた。青蘭と同じような齢ごろの娘ばかりで、小さな風呂敷包みを抱えている。継ぎのあたった地味な色の着物はふくらはぎの中ほどまで。日に焼けた足が見えている。農家の娘だ。服装でだいたいの身分や職業がわかる。町の女は足首が隠れる着物丈。土に触れる農家は短い。金の有無も布の面積に比例する。直垂を身につけているのは侍。小袖に短い袴は足軽。

貧しさから売られてきた娘たちだろうか。その顔は悲しみに歪んでいる。

憤る青蘭の腕を悌哉がそっと押さえた。振り向いた青蘭に澄んだ瞳が真剣な眼差しで口を出すなと告げる。

青蘭は唇を噛みしめた。男の相手をさせられて、挙句の果てには鬼に差し出される。どこの町でも城門のそばに廓があったのは、安中の郡司の言葉どおり、村々の山羊と同じ、女郎を鬼への捧げものにするからだった。

ふと菖蒲《あやめ》を思い出した。

「馴染みのお兄さんが亡くなって、あなたまでいなくなったら、菖蒲さんは鬼に」

「その心配はない」

「どうして？」

「彼女は売れっ子の女郎だ。馴染みは多い。廓も稼げる女郎を手放しはしない」

安堵すると同時に青蘭は憂えた。

「理不尽な話ね……」

「それが世の中だ。不公平だらけ」

悌哉は乾いた声で言った。荘助も頷く。

「そうね……」

青蘭は視線を落とした。

「行くぞ」

悌哉が言い、歩き出した。

青蘭も踵を返し、あとに続く。

「あれ、青蘭様、足、どうかされました？」

荘助が声をあげた。悌哉も足を止め振り返る。

「どうした？」

「ちょっと鼻緒が」

普段は馬での移動で、歩くのは玄関先くらいまでのわずかな距離だ。こんなに長い時間を歩いたのは初めてなので、指の間に鼻緒擦れができてしまった。

「でも、大丈夫」

「悌哉、これ、持っててくれ」

荘助が腰の刀を抜いて悌哉に渡した。そして直垂の胸紐に手をかける。

「いいわ」

青蘭は大犬に変態しようとする荘助を止めた。

「どうしてですか？」

「だって」周囲を見回し、「ここは目立つでしょ」

大犬に乗った娘なんて。

「足の皮、ずる剥けになっても知らないぞ」

荘助の刀を持っている悌哉が脅す。荘助もうんうんと頷いている。

「もうっ！」

その時、城門の番兵が叫んだ。

「鬼だっ！」

人々が悲鳴をあげ、一斉に走り出した。

半鐘が鳴り響き、城門の陣屋から大勢の番兵や直垂の侍が飛び出してくる。

「荘助！」悌哉は刀を荘助に返し、青蘭の手を取った。「走れ！」

駆け出す。

「待って……、ぁっ……!?」

青蘭は痛みで鼻緒を強く挟めず、草履が脱げそうになって転びかけた。

「青蘭!?」

繋いでいる悌哉の手が力強く支える。青蘭も踏ん張った。なんとか転ばずに済む。

安堵したのもつかの間、後ろから走ってきた男に割り込まれ、悌哉の手が離れた。

「青蘭！」

「青蘭様！」

悌哉と荘助が戻ろうとするが、次々と逃げてくる人々に阻まれ近づけない。誰もが強張った形相で、周囲のことなど目に入らず一目散に駆けている。それもそのはず、真後ろに鬼がいる。

「きゃああ！」

青蘭は棒立ちになった。鬼はそんな青蘭を肩にひょいと抱え上げる。

「青蘭！」

人の波をかき分けて悌哉がやってきた。

「悌哉！」

青蘭は手を伸ばす。

鬼が反転し、城門に向かって走り出した。

「青蘭っ！」

速い。逃げ惑う群衆の中を意に介さず突っ走る。

「里の巫女様が鬼にさらわれた！　城に報せてくれっ！」

荘助の叫び声が聞こえたが、その姿は悌哉ともどもあっという間に見えなくなる。

鬼は青蘭を担いで駆けながら、もう一方の肩にも売られてきた娘を担ぎ上げた。

「いやあああっ……」

娘は喉の奥からほとばしるような悲鳴をあげて泣き叫ぶ。

「このっ」青蘭は肘を鬼の首筋に打ちあてた。「放してっ！」

何度も、何度も。渾身の力で肘を打ちあてる。しかし鬼はこたえない。

見ると鬼は一体ではなく、十数体いた。どの鬼も両肩に娘を担いでいる。

城門を出た。

「大漁だ！」

鬼たちは歓喜の声をあげて暗くなった街道を走る。

「青蘭！」

悌哉の声が聞こえた。青蘭ははっとして顔を向けた。

「悌哉！　荘助！」

大犬の荘助に乗った悌哉が追ってくる。

一体の鬼が立ち止まった。担いでいた娘の一人を悌哉たちに向かって投げつける。

「悌哉！　荘助！」

青蘭の視界から二人が消えた。

三

青蘭たちは海岸の断崖に開いた洞窟に連れて行かれた。

湿った岩の上で松明《たいまつ》が赤々と燃えている。大きな洞窟だった。さらに深い。奥のほうは真っ暗で果ては見えない。いったいどこまで続いているのか。

　さらわれてきた娘たちは隅でひと塊になって座り込んでいた。三十人近くいる。鬼たちは、今夜は大漁だったと大喜びで火を囲んでいる。

　火の周りには無数の骨が散らばっていた。中には人の頭蓋骨もあった。真っ黒な眼窩が空ろに娘たちを見つめている。強烈な腐臭が鼻をつく。

　娘たちの大半は恐怖に震え、すすり泣いていた。

「大丈夫よ」青蘭は自身も恐怖心に囚われながらも、泣いている者を励ますべく、そばの娘に声をかけた。「きっと助けがくる」

「くるわけないよ」

　突き放すような口調の答えがあった。青蘭は声のしたほうに顔を向けた。一人の娘が地面を睨みつけている。

「どうして？」

　青蘭の質問に娘ははっと笑った。

「女郎にするために売られてきた娘を助けるお役人なんかいるもんか」

　それを聞いて青蘭のそばの娘は激しく泣き出した。青蘭は急いでその身体を抱きしめる。そして同じように打ちひしがれている周囲の娘たちに向かって言った。

「諦めちゃ駄目。気持ちを強く持って。必ず助けはきますから」

「そりゃ、あんたはね」先の娘とは別の声が、やはり怒りを含んだ声で反論してきた。「上等のおべべ着てさ。でもあたしらは助かったところで男の相手をさせられるのよ」

「それでもいいよっ」別の娘が金切り声で叫ぶ。「八房に犯されて鬼の子を産まされるよりっ」

「もういやっ。誰か殺してっ」

恐慌が広がっていく。

なすすべもなく青蘭は悌哉に買ってもらった帯飾りを握りしめた。

（大丈夫。きっときてくれる）

自分に言い聞かせる。

「なにを騒いでいる」

鬼たちがやってきた。

「美味そうだな」

「たくさんいる。少しぐらい喰ってもかまわねえだろう」

娘たちは悲鳴をあげた。

「どれから喰うかな」

鬼たちは舌なめずりをして見回す。

「なんだかいい匂いがするな」

「どれだ？」

青蘭ははっと顔をあげた。

鬼たちの視線が青蘭で止まった。

「こいつだ！」

「美味そうな匂いだ！」

鋭い爪の生えた手が何本も伸びてくる。

「きゃああああっ！」

青蘭は悲鳴をあげた。周囲の娘たちはぎゅっと目を瞑り身体を硬くする。

青蘭は鬼たちの輪の中に引きずり出され、地面に投げ出された。

「いい匂いだ！」

「俺にも喰わせろ！」

横たわった青蘭に大口を開けた鬼たちがのしかかってくる。

「いやあっ……！」

帯飾りを握りしめ青蘭は絶叫した。

「ぎゃっ……！」

突然、一体の鬼が悲鳴を発してのけぞった。首に深々と刀が突き刺さっている。

「青蘭っ！」

悌哉と荘助が洞窟の入口から駆け込んできた。

荘助から飛び降りた悌哉は握っている鞘を捨て、腰の刀を抜いた。

大犬の荘助が牙を剥いて鬼に跳びかかる。鬼たちは青蘭を残して背後に跳び退った。

青蘭の傍に着地した荘助は猛々しく吼え鬼を威嚇する。

悌哉も駆け寄ってきた。地面に横たわった青蘭を抱き起こす。

「無事か⁉」

青蘭は硬い身体に抱きついた。

「きてくれると信じていた……！」

「なんだ、こいつらは！」

すんでのところで食事を阻止された鬼たちは憤った。

青蘭を抱いた悌哉は片手で刀を構えた。

「臭えっ」

「なんだ、この臭いはっ……⁉」

鬼は鼻と口を押さえて後ずさる。その隙に悌哉と青蘭は岩陰に移動した。人獣に変態した荘助も落ちている刀を拾い、二人のあとを追う。

「しゃらくせえ」

鬼の目に怒りの炎が燃えた。

「こいつらも喰っちまおう」

鬼たちは三人を囲んだ。

娘たちは悲鳴をあげて洞窟の外へ逃げ出す。

「殺せ、殺せ」

娘たちには目もくれず鬼たちは三人に迫ってくる。

その時だった。

「ぎゃあああっ！」

複数の鬼が濁った咆哮をあげてのけぞった。

三人ははっと洞窟の入口を見た。

「伏せろっ！」

悌哉が叫んで青蘭の上に覆い被さった。その上に荘助が被さる。

「放てっ！」

弓弦が鳴り、入口に一列に並んだ弓兵が一斉に矢を放つ。

鬼の絶叫が洞窟内に響き渡った。

野太い咆哮をあげて大勢の兵衛《ひょうえ》が槍を手に洞窟内に突入してきた。全身に矢を浴びた鬼たち目がけて突撃する。

「ご無事ですか⁉」鎧兜の侍が三人のもとに駆け寄ってきた。「殿のご命令で参りました」

「助かった」

荘助が答えた。

「ここは我らに任せて外へ。船を用意してあります」

青蘭は悌哉に抱き上げられ洞窟から逃げ出した。


三人は岩場に着けた小船から沖合の弁才船に乗り込んだ。一緒にさらわれてきた娘たちもすでに保護されている。

三人が乗り込むと侍や兵衛たちの退却を待たずに船は直江津に向かって動き出した。

帆を張った弁才船は穏やかな夜の海を滑るように走る。

木造船の甲板で悌哉に抱かれて座り込んでいる青蘭は小刻みに震えていた。恐怖は脱したが、大口を開けた鬼にのしかかられた衝撃は色濃く残っている。

「すまない。俺がもっとしっかり手を握っていれば」

悔恨を滲ませた悌哉が抱きしめる。

着物に羽織姿の男がやってきた。

「ご無事でなによりでした」穏やかな声で話しかけてきたその人物は城で会った廻船

商人だった。「女郎たちだけなら捨て置きますが、里の巫女様がさらわれたと知り、殿様が兵を」

侍と兵衛たちは悌哉たちのあとを追って騎馬で駆けつけた。

「お願いがあります」悌哉の胸に顔をつけた青蘭は小さな声で言った。「助かった娘さんたちが女郎にならなくてすむよう協力してもらえませんか。借金を棒引きにしてほしいとは言いません。ただ大店の台所の下働きとか、女郎以外の仕事に就けるよう」

「かしこまりました」商人は微笑み、首を縦に振った。「里の巫女様のお慈悲に添うよう全力を尽くします。さ、船の上なら鬼はやってきません。ご安心ください」

商人は去っていく。代わって荘助がそばにやってきた。裸の上半身には廻船問屋の法被を羽織っている。

「大丈夫ですか」

憔悴しきった青蘭を見て気遣わしげに問う。青蘭は微笑《わら》おうとしたが口元が引きつった。

「少し眠るといい」

悌哉が静かな声で言った。そして深く抱き寄せる。

身体を包み込む温かくて硬い胸と腕。恐怖が癒されていく。

力強い身体に身を預け、青蘭は目を閉じた。

悌哉がそっと顔に触れてくる。優しく髪を撫でる。

静かな夜の海を進んでいく船。

「起きないでくれ」悌哉が小さな声で語りかけてきた。「きみがさらわれたのを見た時、心臓が止まりそうだった」

言葉を切り、わずかな間のあと、再び話し出す。

「楠壮士としての役目だけできみを護っているんじゃない」

髪に唇が押し当てられる。

「無事でよかった」

不器用だが真摯な気持ちが、温かい身体の温もりとともに伝わってくる。

恐怖に代わって甘い歓喜が胸の奥に広がった。

青蘭はこちらにきて初めて涙した。

四

「あれが東海道の港でさ」

船頭が指さす先には海に立つ鳥居があった。

「あれが……」

甲板に立つ青蘭は呟く。

船が向かう先には青い海原からそびえ立つ霊峰富士が視界いっぱいに広がっている。

緑豊かなその裾野に町が見えていた。鳥居はその前に立っている。鳥居の向こうには
帆を畳んだたくさんの弁才船が停泊している。

「懐かしいな」

「十二年ぶりか」

並びの荘助と悌哉も目を細めている。

青蘭を乗せ予定通りに出航した廻船商人の弁才船は数日をかけて日本海を渡り、ま
もなく倭に到着せんとしていた。

世界のすべての要、日の巫女のいる天の宮があるとされる地、倭に——。

弁才船が船着場に接岸した。
参拝者が渡し板を渡って続々と下りる。
倭には天の宮参拝のための社が四か所にあり、それぞれ一番近い社へ日本《ひのもと》からたく
さんの参拝者が訪れる。
船着場には大小さまざまな弁才船が停泊している。それらの船は参拝者と同時に生

活物資を運んでくる。倭には一般人の住む町や村はない。あるのは天の宮の参詣社と神職たちの住まい、参拝者のための宿で、あとは波打ち際まで迫る広大な樹海の中に人獣の村が点在するのみだ。生活物資はすべて日本《ひのもと》から運んでくる。

青蘭たちも参拝者に交じって板を渡り、桟橋に下りた。

「荘助！」

女性の声がした。

見ると、桟橋の端に、人の上半身に獣の下半身の人獣二人が立っている。

「母さん⁉　父さん⁉」

荘助が駆け出した。二人も桟橋の上を駆け寄ってくる。

「荘助！」

「母さん！」

人獣たちはしっかりと抱き合う。

桟橋の上の参拝者たちは一様に驚き、興味深い眼差しを異形の者たちに向ける。

三人は人目も気にせず再会を喜び合っていた。

荘助が父母と呼んだ二人は青蘭の両親より年上で、髪や髭には白いものが交じっている。二人とも上半身にはひっぱりを身につけ、父親は毛皮の胴着も羽織っていた。

「どうしてここに⁉」

「おまえが帰ってくるとお宮から報せがあったんだ」

父親が答える。

母親が荘助の胸から顔を上げた。

「顔を見せて」

荘助は下を向く。母親は愛しげに両手で荘助の頬に触れた。

「大きくなったわね」

日に焼け目尻に深い皺が刻まれた顔を涙が幾筋も伝う。

「母さん」

荘助は目元を和ませ嬉しそうに笑った。

見ている青蘭と悌哉は顔を見合わせ微笑《わら》いあった。荘助の笑顔が二人には我がことのように嬉しい。

「驚いたわ。あなたが犬士になるなんて」

「おかげで帰ってこられた。そうだ」荘助は思い出したように振り返った。「里の巫女の青蘭様と、相棒の悌哉だ」

青蘭と悌哉は両親に向かって会釈した。荘助は言葉を続ける。

「青蘭様のおかげだ。母さんと父さんに会えた」

初老の人獣は深く頭を下げる。青蘭は微苦笑を浮かべた。

参拝客は桟橋を渡り終えて、宿場町へ向かっていた。甲板や桟橋では人足が荷下ろしを始めている。青蘭はその向こう、桟橋を渡り終えた先に、白い小袖に白い袴装束の神職の男が二人、二頭の馬の手綱を取って、こちらを見ているのに気づいた。

「ゆっくりしていけるの？」

「そうしたいんだけど」

母親の言葉に荘助は語尾を濁す。

青蘭は悌哉を見た。悌哉も男たちに気づいていて首を縦に振る。想いはどちらも同じだった。

二人はそっとその場を離れた。

「悌哉!? 青蘭様!?」

荘助が気づいて声をあげる。

「おまえはいい、荘助」振り返って悌哉が答えた。「ここから先は二人で行く。おまえは宿で待っていろ」

「おい。俺一人除《の》け者にするなよ」

「久しぶりにご両親に会えたのですもの。いろいろ話したいこともあるでしょう？お父さんとお母さんにゆっくり顔を見せてあげて」

青蘭の言葉に悌哉も頷く。

「もしかしたらもう倭にくることはないかもしれない。貴重な時間を無駄にするな」

荘助は目を見開いた。

「悌哉、青蘭様……」

「ありがとう、荘助」

青蘭はここまで支えてくれた人獣に心から礼を言った。荘助がいたから、道中もそれほど苦ではなかった。色々なことを教えてくれたり、不器用で無口な悌哉の代わりにいつも気を遣ってくれた。

（これでお別れかも……）

実直そうな人獣の姿を目に焼きつける。荘助も青蘭をじっと見ている。

「じゃあ、またあとでな、荘助」

悌哉が歩き出す。青蘭も悌哉に同行した。荘助は動かない。

見送る父親と母親が会釈を寄越す。

青蘭と悌哉は馬を引いて待っている男たちのもとへ向かった。

「下総の宮の里の巫女様であられますか」

「ええ」

「日の巫女、玉梓《たまずさ》様のご命によりお迎えに参りました」

青蘭と悌哉は顔を見合わせる。そして頷き合い、男たちが引く馬に跨った。

五

倭の宿場町には日本《ひのもと》のそれには必ずあった土塀がなかった。代わって宿場町への入口には海中に続いて鳥居が立っている。

通りには大勢の参拝者の姿があった。下総・上総・安房《あわ》・武蔵・相模・上野・下野・常陸《ひたち》・信濃・越後・越中・伊豆・駿河《するが》・遠江《とおとうみ》・三河あたりからもやってきている。宿は国ごとに定められているらしく、宿の前には国の名を書いた立て板を持った男衆《おとこし》が立ち、案内に声を嗄《か》らしている。

前方に三つ目の鳥居が見えた。両側に楠の巨木がそびえる。

青蘭と悌哉は白装束の男たちに引かれ、騎乗したまま鳥居を潜る。新たに四人の白装束の神職が待っていて、青蘭に一礼し、馬を引く男たちの後ろに加わった。

天の宮の参詣社は樹海の中にあり、背後には富士山がそびえ立つ。立派な社だった。白い玉砂利が敷きつめられた境内も大勢の参拝客が行き交っている。

青蘭たちはその脇を抜け、社の裏手に回った。

四つ目の鳥居があった。そこから富士山に向かって樹海を切り開き一直線に道が延びている。

鳥居の真下に柵が置いてあった。参拝者は鳥居の先には行けないようになっている。数人の参拝者が柵の前で富士山に向かって手を合わせ熱心に祈りを捧げていた。その前で神職たちは柵をどける。驚く参拝者たちの横を青蘭と悌哉は騎乗したまま通り抜けた。二人が鳥居を潜ると神職たちは柵を元通りに戻す。

青蘭と悌哉は馬を引いている男たちと樹海の中を進んでいった。

道の左右は苔むした木々が生い茂り、鳥のさえずりが聞こえる。

まっすぐに続く道。緑の梢の向こうに頂に雪化粧した富士山がそびえる。そこまではまだはるかに遠い。

五つ目の鳥居が現れた。

神職の男たちはその手前で馬を止めた。

「馬と私たちはここから先へは行けません。こちらでお待ちいたします」

青蘭と悌哉は馬を下りた。男たちは馬を引いて退《さが》っていく。見ていると、少し離れたところで樹海を背にして並ぶ。

青蘭は鳥居に顔を戻した。道は遥か先へ一直線に続いている。

天の宮は富士の山頂にあるという。

青蘭は隣に立つ悌哉を見た。

「あれだと思う?」

「あれだな」

悌哉も同じことを考えている。

青蘭は決心した。

天の宮へ――一歩を踏み出そうとした時、悌哉が腕をつかんで止めた。

「これが最後かもしれないから伝えておきたいことがある」

真剣な声が言う。青蘭は顔を向けた。

悌哉は青蘭のほうへ身体の向きを変えた。そして青蘭の顔を見つめ、

「この前も言ったが、役目だからきみを護ってきたんじゃない。初めて見た時、あまりの美しさに目を奪われた。でもきみは里の巫女で、俺はきみを家族から引き離した人間で……。旅を始めてからもきみは眩しすぎて、俺はどう接すればいいのかわからなくて……」

悌哉は目を下げた。つかの間の沈黙のあと再び目を上げると、

「女は慎み深くなんて言ってすまない。本当はきみの凛とした強さ、困難に襲われてもやり遂げようとする強い意志、そして人々に向ける優しさに、魅かれていった。きみは優しくてすばらしい女性だ」

表情の端に照れが滲んでいる。けれど真摯に想いを伝えようとする悌哉の気持ちがまっすぐな視線から伝わってくる。

澄んだ瞳に自分が映っている。

「きみに会えてよかった」

「私もよ」

答える青蘭の胸中に切なさがよぎった。帰りたい。両親のもとに。でも離れたくない。悌哉と。相反する二つの気持ちがせめぎ合う。

悌哉の目にも複雑な想いが宿っている。

二人はしばらく見つめ合っていた。

やがて――。

「行こうか」

躊躇いを振り切るように悌哉が手を差し出してきた。

青蘭は心を決め、その手に己の手を乗せる。

二人は歩き出した。

六

鳥居を潜った瞬間に青蘭は空気が変わったのを感じ取った。

鳥の鳴き声は聞こえているが、静謐な気が張りつめている。

木々の間から霧が涌いて出た。歩き続ける二人を包む。あっという間に視界は一面真っ白になった。隣にいる悌哉の姿も見えない。

悌哉が握った手に力を込めてきた。それに勇気を得て青蘭は進む。

視界が晴れた。霧は涌き出た時同様、またたく間に引いた。

青蘭と悌哉は神殿のような円形の建造物の中にいた。床は純白の石で、八つの方向の端に硝子のような透明の太い円柱が立っている。天井はない。上空には水面のように揺らめく青い空が広がっている。

すべての柱と柱の間に光が見えた。ずっと遠くにも思えるし、近くにも見える。

広い床の中央に若い女が一人立っていた。

「よく来ましたね、下総の宮の里の巫女よ」

微笑みを浮かべ玲瓏《れいろう》な声で二人を出迎えたその人は青蘭が見た誰よりも美しかった。金色の髪に金色の瞳。雪のように白い肌に純白の十二単をまとっている。

「日の巫女様ですか？」

青蘭は訊ねた。

「ええ。日の巫女の玉梓です」

さらさらと揺れる金色の髪から光の粒が零れ落ち、風に漂う。青蘭は確信した。人ではない、と。

青蘭は隣の悌哉に目を向けた。悌哉は黙って首を縦に振る。頷き返し、青蘭は前へ出た。

「貴女は私たちがここにきたことをわかっていた。なにもかもお見通しなのですね」

「すべてを見ているわけではありません。人の生業《なりわい》には私は関与しません。光を与える。それだけです」

「でも私がなぜここにきたのかはおわかりですね」

玉梓は目を伏せる。

青蘭は単刀直入に言った。

「帰してください」

「それはできません」

「なぜ⁉」

玉梓は憂いを帯びた眼差しで目を上げた。

「下総の巫女よ、あなたは連れてこられたと考えている。でもあなたは伏姫《ふせひめ》の御霊《みたま》によって生まれ、送られてきたのです」

「え？」

「伏姫様は誕生したばかりの日本《ひのもと》を手厚く保護され、人々を慈しまれておられた。しかしお亡くなりになり、人々に悪事が起きても、もう救うことは叶わない。それを憂う御心《みこころ》が里の巫女を生み出された。御身の代わりに人々に加護を授ける巫女。この世界は今も伏姫様のご加護に包まれている。だから里の巫女は途切れてはならない。巫女の寿命に終わりが見え始めると新たな巫女があちらで生まれる」

「じゃあ私は……」

青蘭は茫然と呟いた。玉梓は頷く。

「あなたは里の巫女として生まれ、こちらへ送られた。伏姫様の御霊によって」

「そんな……」

青蘭は崩れるように床に落ちた。

「青蘭！」

悌哉が駆け寄ってくる。

青蘭は白い床を見つめ、

「里の巫女として生まれた……？　じゃあパパとママは……？」

思い出が走馬灯のように流れる。青蘭はたしかに両親から生まれた。自宅の写真や記録映像《ビデオ》には両親の結婚式や妊娠中の母親、出生直後の青蘭の姿が残っている。一粒種の青蘭を両親は愛してくれた。青蘭も二人を愛していた。それでも生まれた時からこちらへくることは決まっていたというのか。

（だったら私のこれまでの人生はなんだったの⁉）

頭上から声が下りてきた。

「あなたをこちらに送られたのは伏姫様。私たちはあなたを帰す術は持っていません」

青蘭は唇を噛みしめた。

「青蘭……」

悌哉が気遣わしげに肩にそっと手を置く。

青蘭は立ち上がり玉梓を睨み据えた。

「あなたたちから見れば、私たちは送られてきたとなるのでしょう。けれどなにも知らなかった私たちからすれば、大切な人から引き離され、人生を奪われたことに変わりはない！」

「…………」

青蘭は言を継ぐ。

「あなたたちはこの世界のために何十人、何百人もの女性を犠牲にしてきた！　その拉致される者の気持ちを考えない行為は神でも許されるものではありません！」

「…………」

玉梓からの答えはない。清麗な美女はじっと青蘭を見つめている。青蘭も敢然と見返す。

そのまま時が流れる。

「でも――」

口を開いたのは青蘭だった。泰然と立つ玉梓を見据え青蘭は言った。

「それがこの世の真理だというのなら仕方ありません。私は現状を受け入れます。その代わりに奪われた未来の代価を支払ってください。私だけでなく、今いる七人の巫女すべてに。それからこの先やってくるすべての巫女にも」

「というと?」

ようやく玉梓が言葉を発した。

「賠償を求めます。内容は書面で伝えます。ここにくる時や各宮の光の珠のもとへ行く時の仕掛け、その仕組みを使えば、ここと手紙のやり取りができるはずですね?」

「できます」

「私の宮に投函箱を設置してください。私がほかの七人の要望を取りまとめます」

「よろしいでしょう」

玉梓は頷いた。

終章　ここで生きる

一

下総《しもうさ》の宮に戻った青蘭《せいら》は悌哉《ともや》と荘助《そうすけ》を供ない、その足で馨《かおる》に会いに行った。

「賠償請求？」

話を聞いた馨は目を丸くして瞬いた。

「ええ。見かけが変わらないことや楠壮士《なんそうし》や犬士《けんし》は加害者が一方的に与えたもの。被害者が見返りを要求するのは当然の権利だと思います」

馨はくすりと笑った。

「おかしいですか？」

「いいえ。なるほど賠償請求、ね。そんなことを言ったのはあなたが初めてよ。さすがね、弁護士さん」

「ほかのかたたちに声をかけて、みなさんを集めていただけませんか。私が直接お話しします。先ほど話した日の巫女様の言葉も」

「いいわ」馨は快諾した。「みんなもあなたに会いたがっていたの。麻帆《まほ》さんが、青蘭さんが落ち着いたら顔見せを兼ねて私の陸前《りくぜん》の宮で食事会をしましょうって言っていたから、ちょうどいい機会だわ」

「麻帆さんが？」

青蘭は驚く。

「ああ見えて彼女、栄養士と調理師免許を持っているのよ」馨は茶目っ気たっぷりに片目を瞑った。「懐かしい料理が並ぶから期待していて。そちらの二人も。陸前の宮の食事は絶品よ」

悌哉と荘助は顔を見合わせる。荘助のふわふわの尾が激しく左右に揺れた。

二

揺らめく水面《みなも》の彼方に無数の黄色い光が瞬く。

夜。青蘭は悌哉と二人で寝殿の簀子縁に座り、夜空を眺めていた。

「帰りたいか？」

いつまでも光の川を見つめている青蘭に、並んだ悌哉がそっと囁く。

「ええ……」

帰りたい気持ちはまだ消えていない。玉梓や馨の前では凛としていたが、光を見るとやはり生き別れる切なさが胸を塞ぎ、心が涙の沼に沈んでいく。

「パパとママに二度と会えないのなら、せめて最後にさようならを言いたかった。会えないけれど、私はここで自分の生きる糧を見つけて幸せに生きるから、安心してと」

震える肩を悌哉は優しく抱き寄せる。

「両親を失って荘助に出逢い、兄貴を失ったその日にきみと出逢った。俺がいる。これからずっときみのそばに」

静かな口調に真摯な想いが伝わってくる。

硬い胸の中で喜びと温もりを感じながら青蘭は答えた。

「あなたは最初から私の慰めであり、希望だった」

「青蘭……」

悌哉は驚いている。

恋しい男により深く身を寄せながら青蘭は考えた。

両親は、娘には自分たちと同じ企業弁護士になってもらいたいと思っていたことだろう。でも青蘭は迷いを感じていた。持てる者が持たざる弱者のために働くべきではないかと。

こちらにきてたくさんのことを見聞きした。竹垣で囲った村、売られてきた娘たち、地面に落ちた弁当をむさぼっていた少年。

人々に加護を与える青蘭にできること――。

「きみは日の巫女様になにを希望するんだ？」

「そうね、一つはもう決めてあるけど」

「なに？」

青蘭は硬い胸から頭を起こし、甘さと精悍さが同居する端整な顔を見つめた。

「楠壮士と犬士の身体に傷をつけないで。別の方法を考えて」

「青蘭」

悌哉は目を見開く。

青蘭は微笑んだ。

「最近、ちゃんと名前を呼んでくれる」

「な、なんだ、急にっ」

夜の闇の中、篝火に照らされた悌哉の顔が真っ赤になる。

女に騒がれる容姿なのに純情で不器用で。でも命をかけて護ってくれる。

「そんなあなたが大好きよ」

笑いながら告げる青蘭は悌哉とここで生きていく決意を新たにした。

あとがき

ポルタ文庫さんでは初めまして。御木をご存じの読者様には、またお手に取っていただけて嬉しいかぎりです。

そんな読者様の中には「似た話を読んだぞ」と思われたかたもいらっしゃるかもしれません。召喚された女の子が護衛の若者と人獣を供に、帰る方法を求めて旅をする。私の好きなモチーフで、大元は尊敬する〇先生のJ国記シリーズです。

別バージョンの三人組にご興味を持たれたかたは〈レジーナブックス 御木〉でご検索ください。

尊敬と言えば、青蘭が信奉している講演者は、国際政治学者の緒方貞子氏と社会学者の上野千鶴子氏のお二人をイメージした人物として描きました。レクチャーの文言は上野氏の東大入学式祝辞を参考にしています。素敵なスピーチだと思うので、こちらも検索してみてください。

上條ロロ先生、素晴らしい絵を添えていただき、本当にありがとうございます。

お買い上げくださった皆様にも最上級の感謝を申し上げます。またどこかでお目にかかれることを願って。

御木宏美

本書は書き下ろしです。
この物語はフィクションです。
実際の人物・団体等とは一切関係ありません。

ポルタ文庫
八分《はちぶん》の一《いち》の巫女《みこ》　楠壮《なんそう》里巫《さとみ》八犬伝《はっけんでん》

2020年3月22日　初版発行

著者　御木宏美

発行者　福本皇祐
発行所　株式会社新紀元社
〒101-0054
東京都千代田区神田錦町1-7　錦町一丁目ビル2F
TEL：03-3219-0921　FAX：03-3219-0922
http://www.shinkigensha.co.jp/
郵便振替　00110-4-27618

カバーイラスト　上篠ロロ
DTP　株式会社明昌堂
印刷・製本　株式会社リーブルテック

ISBN978-4-7753-1816-4